もっとも猥雑なもの

PASCAL
QUIGNARD
collection

パスカル・キニャール・コレクション

もっとも猥雑なもの 〈最後の王国5〉

桑田光平 訳

水声社

責任編集

小川美登里

桑田光平

博多かおる

目次

1　（妻）

女はみすぼらしい姿をした最初の夫を見かけた。その男は上着の襟を立て、通りで物乞いをしていた。信号が青になると、女はハンドルを切って、歩道沿いに車を停めた。愕然としながら、目を見張った。女はわが目を疑った。窓ガラスを下ろした。そして見た。

男は不意に女に気づいた。

そして、女が誰なのか分かった。

唇は動くが、何を言っていいかよく分からない。

少しずつ唇が震え始める。

遠くの女を前に、かつての夫は子供のように泣き始めた。男は自分の手を女のほうに向けて差し出した。

頭をわずかに横にかしげ、よろめきながら懇願し、女に向けて手を差し出したとき、男の頬を涙が静かにつたった。彼は近づいていった。

足取りは少しずつ早くなった。

男の行動にすっかり動揺した女はギアを入れ、車を出した。

そうするしかなかった。男が駆け寄ってくるや女は車を出したのだ。

自宅に戻ると、すぐに気分が悪くなった。女は思った。「なぜ彼に言葉をかけてあげなかったのだろう。ありえない。でも本当に彼だったのだろうか。他人のそら似だったのかもしれない。私の知らない兄弟が彼にいたのかもしれない」。この思い出は女を苦しめることになった。女は何度もあの通りに戻った。その度に、あの物乞いが寄りかかっていた半円の鉄枠の扉の前に立った。その通りで数時間を過した。再び男の姿を見ることはなかった。

2　（谷崎潤一郎の母）

一九五〇年代初頭、谷崎潤一郎は自らの幼年期の思い出の大部分をまとめた。母親はとてもきれいな人だった。彼女は若くして潤一郎を授かった。彼は、母がたいそう面白がったある逸話を語っている——生涯、息子のことが、その作家としての名声が話題になるたびに、決まって母はその逸話を語るほどだった。母親と同じ年頃の、当時まだ独身だった親友の女性は、出産がどういうものかを知り、愕然として次のように言ったという。

「とんだところから生まれるのね！」

3　空飛ぶ椅子

ポンパドゥール夫人は御者《ぎょしゃ》の娘だった。子供の頃はレネットと呼ばれていた。プロヴァンシェールで遊んでいた。本名はジャンヌだった。姓はポワソン。とても美しい娘だった。五年間、彼女はルイ一五世の性の慰みとなることを強いられた。

ある日、彼女はルイ一五世にこう伝えた。

「正直にお伝え申し上げますが、わたくしは性欲に身を任せることなどほとんどございません。たしかにわたくしは女性の外見をしており、そして、この見た目が役にも立ってまいりました。しかし、本当のところ、どんな風にわたくしが自分の人生を感じているか国王陛下に申し上げるとするなら、もはやわたくしには牛の肉片ほどの感覚しかないのでございます」

すると王は自分を守護する友として彼女との関係を継続し、自分の性的快楽に奉仕する者としてよりも、それを見てくれる鑑賞者として招いた。このような状況は王にとって都合がよかっただけでなく、彼女のほうもそれを気に入った。彼女は裸になること、身体が火照ることを好んだ。見事な歌声を披露し、踊った。つまり、愛人たる王の戯れに好意的に付き合ったのであり、そのため王は彼女に対して真の友情を持つようになった。
反面、彼女が版画に対して感じていたのは、友愛ではなく、情熱だった。
彼女自身、銅版画を作っていた。彼女が制作したもののうち、際立って成功した一枚の銅版画は保管された。その銅版画には、シャボン玉を吹くがっかりした子供の顔が描かれており、シャボン玉はその子の顔よりも上へと舞い上がり、少年の眼を隠していた。
三〇歳になったとき、彼女はベスティオールと呼ばれた。なぜかは分からない。彼女は結核を患っていた。彼女は不潔だった、とても不潔になったのだ。何一つ捨てなかった。
穴のあいた封蝋、
欠損のある皿、
脚が三本しかないテーブル、
時代遅れの家具、
古い薄布の包みまで彼女はとっておいた。
彼女は自分が住んでいない、調度品置場にしていた醜悪な邸宅にすべてを保管した。邸宅はパリの八区にあった。この物置がなぜエリゼという名に改名されたのかは分からない。彼女からの要請で、そこには最初期の「釣り合いおもりを使ったエレベーター」が設置され、彼女は楽しみながらこの新しい装置を使った。彼女はこのエレベーターを「空飛ぶ椅子」と呼んでいた。

4　モフェッタ

窒息死したヘルクラネウム〔古代ローマの町で紀元七九年のヴェスヴィオ火山の噴火で埋没した〕の住人たちの肉体が鋳型のように残した空隙は、「モフェッタの空洞《ヴォリューム》」と呼ばれている。

モフェッタとは、火山が噴火したときに地表に放出された、死をもたらす有毒ガスだ。

死が残していった空洞《ヴォリューム》は、欲望に満ちた量塊《ヴォリューム》を思わせる。

そしてまた、狂おしい沈黙に満たされた書物の巻《ヴォリューム》を思わせる。

いずれの場合も（さらに別の場合も）、「空間に付け加えられた」この奇妙な空間は時間である。

*

王妃がチェス盤上で駒をすすめるギンガモール〔中世フランスの説話に出てくるブルターニュ王国の騎士〕を見たとき、彼の顔には窓から射しこむ陽の光が当たっていた。

王妃はもはやゲームを見ていなかった。彼の顔をじっと見ていたのだ。王妃はギンガモールに言った。

「いくつになってもお前のことを愛するから、お前も私のことを愛せ」

王妃は彼の上着を引っ張った。すると上着の留め金がすべて外れた。留め金は床の上に落ちた。王妃は一瞬、彼の肌を目にした。白い猪のような肌だった。すぐに王妃は言った。

「白の猪を探し出さなくてはならない。それを狩りに行ったものは死んでいる」

ランド地方は危険に満ちていた。

流れる川も危険だらけだった。

ギンガモールは森に入った。彼は黄金の宮殿を見つけ入っていった。そこは森の中に開けた空き地だった。彼はそこで裸の女を見かけたのだ。

彼は女をじっと眺めた。

女の裸を見ながら三〇〇年も休息をとったのだ。

*

それからギンガモールは荒廃した世界へと戻ってきたが、何があったのか、誰といたのかを誰にも言えなかった。王妃は彼に告げた。

「食事をとるな！　ギンガモールよ！　死人が食事などするものか。お前は三日前に発ったのだ！　あちらの世界では一日は一〇〇年に等しい。あそこはひとつの都市であり墓である。あらゆる色は、地面に埋められた遺体のむきだしの骨のように白い。探したのに見つからなかった猪は、お前の股のあいだにいたのかもしれないのだ！」

だが、ギンガモールはそこまで禁欲的ではなかった。食欲を抑えられる人間ではなかった。コナトゥス〔自らの存在を維持しようとする力〕が欲動を駆り立てる。ギンガモールはりんごを食べ、そして息絶える。素晴らしき王妃はどこに？　この男は「岩に縛りつけられたアザミ」のようになってしまった。

ギンガモールのりんごは、白い絹に覆われたアダムのりんごと呼ばれている。

＊

衣服を脱がせた時に剥き出しになるのは、物そのものの光沢だと思われている。われわれは光沢が表皮の領域にあると思い込んでいる。しかし、光沢はそれを見る眼差しから輝きを借用しているのだ。同じように、戯れの中で膨れ上がった持続が時間から飛び出る、下着から飛び出る性器のように。光沢は――はかないものだが――なお残り続ける、夜になる直前まで。昼間の仕事から離れたところに。

（髪の毛であれば）前髪に。

（服の生地であれば）裾に。

（国であれば）国境に。

（街が周辺に密集している川であれば）岸辺に。

実際のところ、その瞬間に性的興奮が加わり、魂のなかの、時間ではなく、時間の尺度を廃棄する。

＊

羞恥心はその欲望の対象のまわりにあるあらゆる物に燐光を与える。

羞恥心は白日夢のようなもの。

羞恥心は時間の進行を早め、午後あるいは夜に突然、時間を立ち上げる。

情熱を掻きたてる破廉恥な小さな光沢がある。

寝室のモフェッタ。

羞恥心は、夜、枕元に置かれたろうそくの炎よりも大きいわけではない。

羞恥心が指を、性器を膨らませる欲望に近づけるや――性器を腹におさえていたゴム紐が外され――パンツの中のものは、見られることへの恐怖で縮こまり、あっという間に、殻の無い小さなツブ貝のかたちに変容した。

ブルターニュ公国のファン・ド・ケルブリニク（またの名を「カサ貝〔「駄目だ」という意味〕の館のフランソワ」）は、イル＝ド＝フランスでは「ムッシュー・極小」という誇張した名前で呼ばれていた。

私は男性器の包皮の下に隠れた小さなタマキビを思い起こす。

私は大斎節〔カトリックにおいてイエス＝キリストの受難に心をはせるために行う食事制限で、灰の水曜日と聖金曜日に行われる〕の貝を思い出す。

それはかつて――アンジュー地方アンスニでは――「聖金曜日の貝」とも呼ばれていた。

5　穴、顎、墓、絵画

死が死を求める、それが喪だ。死ぬこと、倒れることは、その眩暈のなかに深淵をつくりだす。暗黒。死は「穴をうがつ」ことを求める。

「人間」という概念が存在する前に、「自然」という概念が存在する前に、死が――「死」という概念が存在する前に――この穴を真ん中に開く。

死者は魂に虚しさを残す、その虚しさから、苦しみが具現化するのも、残された者が死体を埋めるのも、この穴のなかだ。

とても奇妙なこと。人は円《まる》から生まれるが、身体は死に際してなおもその円を求めている。死後、地面に垣間見られた円。分娩の際に開く陰部。空腹のために開く大きな口。死体という崩壊した物体の下に死がくり抜いた穴。

この奇妙さは、地面に最初に穴を掘った最初の人間にとって、より奇妙なことだった。猿の姿をしたものは、石で埋めただけのこの穴によって、人間として（他の動物や同類から食べられることのない個体として）定義された。

すべてを飲み込む、削除そのものとしての空間。

食べ物を消費する顎ではなく、虚構的な意味での顎としての穴。

死がもたらす現実のなかの穴が「空間のなかの想像的な穴」を生み出し、その中で人間は絵を描いた。

6　ヴェールの物語《コント》

画家パラシオスは画家ゼウクシスに対決を申し込んだ。ゼウクシスはギリシャ最高の画家の称号をかけた対決に躊躇いを覚えたが、虚栄心に負け、受けて立つことにした。

画家ゼウクシスはブドウの実を描いた。鳥たちを魅了するほど完璧にブドウの実を再現したいと彼は願っていた。そしてその通りになった。

人間の目だけが何かに魅了されたり、夢の中に迷い込んだりするわけではない。動物の目はかならず見誤るのだ。

スズメ、鳩、ツグミはすばやく壁をめがけて飛翔し、そこでくちばしが粉砕された。

にもかかわらず、画家パラシオスがゼウクシスに勝利したのだ。

パラシオスが白い壁に描いたのは、単なる亜麻の白い布だった。

ゼウクシスはパラシオスのほうを向いた、ゼウクシスは鳥たちを騙せたことが誇らしかった。タイルの床には砕けたくちばしの小片がある。彼は叫ぶ。

「さあ、今度はお前の番だ、パラシオス。ヴェール（亜麻布《リンテウム》）の向こうのお前の絵を見せてみろ！」

パラシオスは微笑んだ。

ゼウクシスが近づく。

彼は手を前に出して、指でヴェールをつまみ上げようとする。彼が触れたのはただの壁だった。

まず彼は事態を飲み込んだ。

次によく考えた。

最後に彼は負けを認めた。

＊

ここでの議論は次のようなものだ。画家が騙したのは鳥ではなく、画家である。

ゼウクシスは目に見える存在を描いた。パラシオスは見えていないということを描いた。

ギリシャ語で画家はゾグラフォス（直訳すれば「生物を書く者」）である。ラテン語で画家はアルティフェクス（「制作の技術を持つ者」）である。

画家は一枚の布を描いた（人が性的な部分に布をかけるように、死者に布をかけるように、画家は目に見えるものの上に布をかけたのだ）。

パラシオスは言った、

「人間はヴェールを求める」。

そこで、ゼウクシスはパラシオスに一種の「慎み」をもって栄誉の棕櫚の枝葉を譲ったのだ。

プリニウスは「羞恥心《プドーレ》」と書いた。

画家パラシオスの亜麻のカーテンの物語は、プリニウスの『博物誌』第三五巻六四章に書かれている。

私はポンペイから数キロの「ブドウ栽培者の館」の籠に収められた、男根形のお守り《ファスキヌス》を包んだ亜麻のヴェールのことを思う。この館は「秘儀荘」とも呼ばれている。

私はノアの息子たちが――しぶしぶ――天幕の下でノアのいきり立った性器にかけた外套のことを思う。

私は聖母マリアが頭から外し、息子イエスの性器に結びつけた亜麻のヴェールのことを思う。三世紀の後、イエスはエルサレム近郊のゴルゴダの丘で死ぬことになる。

羞恥心《プドール》。

視野から外れたこの物体《オブジェ》は物体ではない。空間ですらない。それは顕わにされたものであり、聖体顕示を忘れさせる。ヴェールはこうして作られた。なぜなら、美しいものはこの世界を私たちの視界から隠してしまうからだ。虚無――それは穴から派生したものに過ぎない――の中で注意を引き、視線を集めるのは、視界から逃れるものだ。

*

ギリシャ語でアポカリプスという語は人が持ち上げるヴェールを指す。

ここでもまたヴェール。天幕。亜麻布《リンテウム》。屍衣。

ラテン語ではレ-ウェラチオ〔*re-velatio*〕という語が同じ意味をもつ。

古代ローマにおいて絵画の大部分の場面で描かれている行為。それは、眠っている女の性器を覆うヴェールを男が剥ぐという行為だ。これがラテン語のオビエクトゥスの最初の意味であり、そこからフランス語のオブジェ〔物体、対象、客体〕という語が生まれた。

本来の意味において、ローマで対立《オビエクチオ》が生まれた最初の場面とは次のようなものだ。母親が目隠し布をほどき子供に乳房を見せる。

*

パトモスの聖ヨハネは山の頂上部に座っている。彼は肘をついて頭を支えながら、自らのもっとも強い光の中で世界を眺めている。

彼は鷲のそばにある真理《アレーテイア》を眺めているのだ。

「Objecter（オブジェクテ）〔対象化する、客観化する〕」という語は、食料を猛獣の「前に投げ出す」ことを意味する。それは猛禽の眼の下に食料を投げることなのだ。それこそ、聖ヨハネが友である鷲とともに、アリアドネが焼かれた丘の上で行なったことだ。

*

G・W・F・ヘーゲルは次のように語った。声は外に出されると消え去る性質をもつ。音はひとたび発せられれば大気中に消失するのだ。それゆえ古代ローマ人は、葬儀の際に、女たちがまったく意味を欠いた嘆き声を発することを許した。苦痛が女たちにとって異質なものとなるように。声に出し、絶えず呼び起こし続けるという行為のなかで、女たちは自分の苦しみを分離し、それを何か客観的なもの＝客体にする。それは自己に閉じこもり苦痛に屈した主体と対面することである。唱歌に固有のこのような客体化は、身体の外に吐き出される常軌を逸した声において起こるのだ。喪失を経験したものは嘆き声を発するなかで、失われたものに再会する。つまり、自らの身体を離れ、大気のなかに雲散霧消してしまうのだ。

*

パトモスの聖ヨハネは、時間の経過によっても消滅しなかったものを明るみに出そうとする。彼は隠されたもの〔ヴェールに包まれたもの〕を明るみに出すため、〈黙示録《アポカリプス》〉を書きとらせた。文字の形をしてあらわれた彼の言葉は、魂にとっての物体《オブジェ》となった。〈黙示録《アポカリプス》〉は、時間を中断することで、歴史の終わりを示している。神が人間に授けた二つの聖書の最後に配された黙示録は「破滅《カタストロフィ》」を説明するものではない。古代ローマ帝国のコイネー〔紀元前四世紀後半、ギリシャ語のアッティカ方言などに基づいてできた共通語〕における「黙示録《アポカリプス》」という語は、ロマン主義時代の西欧世界の言語では「幕を上げる」という表現に対応している。

古代ギリシャ人の秘儀において、聖なるものの啓示《アポカリプシス》は、秘儀を授かっていないものに、名づけえぬものを見せることにあった。

時間に関する表現を用いるなら、私が「quand〔～する時〕」という語を使うのは、この「quand」が中断される時だ。

同様に、古代ローマ人のバッカスの秘儀において、啓示とは籠の中の男根形《ファスキヌス》のお守りを覆うヴェール《ウェルム》を取り外すことだった。また同様に、ローマの結婚式では、それまで男に陰部を見せたことのない若き花嫁の腰紐をほどくことを意味した。

7　絵画空間

魅惑の力《ファスキナンス》が目を眩ませると考えついたのは、自然のなかの人類ではない。二足歩行、埋葬、言語、芸術、戦争よりも以前に、自然がかたち、外延、切望、彩色を試していたのだ。

カササギが、水晶やガラスのカラフの栓にだまされてしまうように——性を持つものはみな、陰部がぶるぶると震え赤くそそり立つ様《さま》に目を向けてしまう。

本来備わったこの属性だけが、いきりたつ性器から性行為による再生産へと向かう。

この属性は時間の間隔を乗り越える（九カ月という時間の穴）。

＊

とても穏やかで良い匂いのする海辺の公園、その奥にあるプールサイドにやってきたツバメが、
さざ波一つない水面に映る自分の姿に呼び寄せられ、
突如、戯れはじめ、

人間に雷雨、驟雨、突風、嵐が間もなくやってくることを告げるように、その小さな翼を精一杯広げ、時間と時間とをつなぎ合わせる。

空間、大きくなった性器と萎えた性器のあいだにできる空間、この領域は消失する。

母のお腹は、そこから生まれてくる乳幼児の後ろに残る。この領域は消失する。

人間の眼にはつねにこの内なる袋が残り続け、この袋は外部に漂うことになる。それがこの世界における家や墓の起源である。到来するものの背後には必ず何かが消失している。失われた欲望の塊は、その欲望によって膨らみ、生まれつつある消失の背後で、大気のなかで生きる。

失われた欲望の塊は、周囲の大気中に——魅惑の力が消えたペニスの周りやその傍らに——「浮かぶメランコリー」のようなものとして残り続けているのであり、恋する女ないし男を後悔と愛情のなかに浸す。

ヴェールで覆われた萎えた性器の後ろに男根《ファロス》は隠れている。

ヴェールで覆われた動かない死体の後ろに肉体は隠れている。

ペニスの場合、不快な対象《オブジェ》の例として使用済みのコンドームが挙げられる。不快なヴェール《ウエルム》として。

猥雑な覆い《ウエラチオ・ソルデイダ》として。

「ムッシュー・極小」を保護していた醜い「カサ貝の館」のように。

死者の場合、失われたのはその眼差しだ。(肺呼吸や血流よりも前に)機能しなくなるのは眼差しなのだ。死体からは羞恥心(*pudor*)が立ち去った。捕食者の眼差しにさらされている獲物の眼差しを決めるのは羞恥心だ。捕食の残骸が集められる〈神秘〉の本性をなすのは眼差しなのだ。それはちょうど、供儀の基盤をなす血なまぐさい争奪の神秘に適切に向けられた関心のようだ。

なぜ絵画は人々の性行為を、日々の性行為を描くことができないのだろう（あるいはごく稀にしかできないのだろう）。

＊

見えない光景が見える光景を装うことはないからだ。後に来るものは、先立つものと同時には存在しないからだ。両者を隔てるものこそがまさに時間的間隔だからだ。

目に見える最初の光景は大気の誕生の光景だ。

見えない光景、原光景、禁止が刻印された光景は、見出すことのできない光景だ。私たちの理解に先立ちながらも、私たちの理解を生み出す光景。その光景の中に私たちの姿はない。私たちには見ることのできない光景。

私はたえずこの光景に言及するが、この光景から産みだされた者が自分を生み出した生殖の光景を見ることはできない。

＊

男根《ファスキヌス》は大きさと形が唖然とするほど変わるため、変形、修正、悪化、軟化、消失に対するありとあらゆる恐怖を引き起こす。

男根の膨張は、ただちに、その除去という転倒した可能性を喚起する。

男根はついには昂るのか、それとも、衰弱するのか。

男根が広げた空間は、「モフェッタの亡霊の空洞《ヴオリユーム》」を穿つ。

男根によってできた空間は、何もない空間をあとに残す（何もない外部空間と何もない内部空間）。

潮の退いた跡を残すのだ。

海辺のそうした砂浜の空間は前浜と呼ばれ、そこを波が寄せては返す。

そこは、中身のない小さな貝殻、使用済みのコンドーム、空き瓶、漂流した木片、小さな貝の死骸、ヒトデ、イカの骨、寸法を失ったものたちが溢れている。

＊

情熱に駆られた後、消失してしまった弾力あるものの残骸。〈聖金曜日〉、〈受難〉、死、〈復活〉の貝殻。みすぼらしいこの欲望の前浜は、それでも社会の再生産の前浜である。

それを目にして嫌悪感を覚えるのは、それが汚れているからではない。それは生命の種子なのだから。

種子が嫌悪を引き起こすことはないのだ。それに、それは涙なのだから。

激しい恐怖を覚えるのは、対象が失われたからだ。

その恐怖のなかに、消失した対象の幻覚を見る。

完全に紛失してしまったものが占拠している。

ありえない主人。

＊

ブドウの実を発酵させて作ったワインを瓶の中に入れ、その瓶の口に蓋をするためコルク栓を使うことを思いつく以前、ワインにはオイルが注がれ、表面にできた薄い層が匂いやカビからワインを保護していた。主人のほうが先に、自分のグラスに瓶からワインを注ぎ、そのあとで、招待客のグラスにワインを注ぐという習慣ができたのはその頃のことだ。

オイルの前浜。

ワインの最初の部分は神々のために捨てられる。ワインの最後の部分は神々のために捨てられる。それは、神々の空腹をおさえ、神々の欲求をあらかじめなだめるため、不在の巨大な〈捕食者〉たちの世界へと戻される分け前だ。

それは神々への分け前だと言われていた。

潮の干満が、新しい波が寄せては返すたびに、前浜に残したものは、かつて「〈神〉の道」と呼ばれていた。

8　エクリチュールの空間

彩飾文字《ミニアチュール》が飾りたてるのは、書かれた文字《エクリチュール》の中の、その文字のかたちによって生み出された空間〔espace〕である。

この新しい地上の空間は、その境界を定める文字が発明される以前には存在していなかった。

自然言語の習得によって、右脳に対となる空隙が生み出されるように――右脳では集団の言語が起源や叱責や命令の声（習得の声）として鳴り響いている――、文字《リテラ》の輪郭は新たな間隔を生み出し、欲望の性的な色――捕食における血に染まった赤色――がイメージとしてそこに現れる。

有史時代に書かれたテクストの最初の装飾は赤い文字（表題）――先史時代においては死者の骨を覆う最初の色彩――であり、ミニアトールとは、ミニウム〔朱の顔料〕を用いる写本の筆耕のことである。

そのため無意志的な夢のイメージ――恒温動物の特徴をなす――は、お腹の中にいたころの無意志的な言語へと逆流する。

印刷において、語と語のあいだの空白を「スペース〔espace〕」と呼ぶ。この語は女性名詞である。

印刷されたページはひとつの空間を秩序だてる。その空間のなかで、スペースが空隙を作りだし、名と姓を、語と句読点を、行と地や余白とを隔てる。

スペースを開けるとは、空隙を穿ちながら、何かと何かを隔てることだ。ラテン語で分離は *sexus* という。ミニチュアにするとは、小さくすることで何かと何かを近づけることだ。

欲望するいきりたつ性器を意味するギリシャ語のファロス、ラテン語のインフラチオは、いずれも膨張を表す同じ語源核をもつ。

女性名詞であるスペース〔une espace〕は男性名詞である空間〔un espace〕のもとを離れる。

それゆえ、欲望が消えた男性器は、本来の空間に戻るのではなく、ミニチュアにされたようにわれわれには感じられるのだ。

＊

それゆえ、正教会世界における聖像《イコン》は、ほとんど文字《エクリチユール》の象徴だといえる。表現されているのは、（あらわになった失われた乳房以上に）子に乳をやる、陶酔状態の母の眼差しだ。

新生児の身体を守り、保護し、支え、しつける眼差し、新生児の魂の支えとなる眼差しは、信者の魂につけこむ眼差しだ。

魅惑する只中であるように、その眼差しは獲物を動けなくし、獲物は捕食動物が開いた底なしの口のなかへと消えていく。

聖なるものとは、失われたものの騙し絵《トロンプ・ルイユ》である。

それは眼差しを誤らせる。

時間とは生物を腐敗させるものではない。すぐれた動物、とりわけ人間において、生を展開する奇妙でゆるやかな様態こそが時間なのだ。時間は性差や胎生に起因する誕生の遅れのなかで発生する。二つの性を一つの性へと包括するような統一性は、存在の外にしかありえない。それはまさに存在論的に不可能なものの定義である。わずかにいくつかの部分が輝きを帯びるだけで（言語は見知らぬものへ、眼差しは見えないものへと向かい、不思議な仕方で幻想を覚える）、それと引き換えに、それ以外の残りの部分は現実的なままに、つまり性を取り除かれたままであり続ける。

＊

失われたものを見出すことはできない。隠された乳房（母）は、禁じられた性（父）を欲望する。対象《オブジェ》は魅惑するものを欲望する。ヴェールで覆うことは前に投げ出されたもの《オビエクトゥス》〔露わになったもの〕に関わるのであって、乳房には関わらない。ヴェールで覆うことは男根《ファスキヌス》に関わるのであって、ペニスに関わるのではない。人間社会において、男が硬くなった男根《ファロス》であり、女が乳房－腹である（洞であり、懐である）のは、この二つのヴェールによって、この二つのヴェールが引きおこす二つの啓示によって示されることである。このヴェールがなければ、単に哺乳動物のペニスと乳房であるにすぎない。欲望が見えるもの以上に見えないものを欲望するのは、このヴェールのためである。

*

エンキドゥ〔『ギルガメシュ叙事詩』の登場人物〕の羊膜はどこに置かれたのか？

女王ペルセポネーの臍帯は？

割礼を受けたイエスの肉体は？

*

「局部《パルティ》」と呼ばれる部分《パルティ》。

「局部」という部分を超えて幻想が生じることはない、「局部」は現実界と見えるものとの境界を乗り越える。そのため、不快なものとして拒絶される。

猥雑なものに対する嫌悪感があるが、嫌悪感に混じってその魅力はますます増大する。

欲望は、ひとつのモンタージュである。局部の人を夢中にさせる特性と、人を寄せつけない望まれた無関心とが、身体を共有しており、嫌悪感がその境界線となっている。

驚異的な魅力はその周囲に巨大な不快感を与えることが想定される。

時間の周囲にはスペースや隙間があるように。

生の周囲には死があるように。

言語の周囲には現実があるように。

一致のない区分が、突如として、間隙をまたしても生み出し、それが源泉となる。

頑なな力、抑えがたい嫌悪感とはそのようなものだ。

＊

欲動は、部分的であるよりもはるかに性的である。敵意に満ちた分離の経験。注意を集め、注意をひきつける。

ヴェール、白装束、画家パラシオスが描いた画布は、二極化する対立を生み出す境界線なのだ。

この境界は人間のなかの性別の分化（一致のない分割）である。

性別化された二つの身体への、重ならない二つの面への、同期しえない二つの時間への、内と外の二つの世界への、子宮と大気という二つの王国への、隠れた王国と発見された王国への、秘密の王国と〔ヴェールを剥がれた〕黙示録《アポカリプス》的王国への、重苦しい王国とはかない王国への、嫌悪の王国と魅惑の王国への分離。

プリニウスが語るヴェールの物語はしたがって、秘密を喚起する。

芸術を愛する者、のぞき魔、読者が求めるものこそヴェールである。少なくともヴェールの存在を示すものを求めているのだ。ヴェールあるいはカーテンの向こうにある影を夢見ている。影の中の失われた対象《オブジエ》を。

9　猥雑《ソルド》なもの

ローマでは「猥雑なもの《ソルド》」は、ぼろの喪服を意味していた。喪の悲しみにあるローマ人は触れてはいけない存在となる。自分の手ですら自分に触れてはならないのだ。彼らは着替えることも、食べることも、指や歯や性器や肛門を洗うことも禁じられた。*Sordidi* は不快なものを意味した。遺された人間にとっての猥雑なものは、死者にとっての白装束に等しい。

ユニウス・ガリオ〔セネカの兄〕はもっと不躾《ぶしつけ》だ。曰く、「喪服を身にまとい、泣け」。

猥雑な（*sordidae*）芸術のなかでも重要なのは絵画だった。絵画は修辞学や音楽（自由の諸技術《アルテス・リベラレス》）に対立するものだった。

パボリノスは汚物の愛好家だった。

アルブキウス・シルスは言う。「私の思考（*cogitatio*）はまったく卑近な事物（*sordidissima*）へと向かう」

父親の大セネカは書いている。*Splendidissimus erat Albucius ; idem res dicebat omnium sordidissimas ; acetum et puleium et dannam et rhinocerotem et latrinas et spongias.*（アルブキウスの文体は見事である。同

時に彼は酢、鹿、犀、便所、海綿など、もっともありふれた事物《ソルディディシマス》を名づけた）。

息子の小セネカは、父（そして父の友人たち、ポルキウス・ラトロやアルブキウス・ラトロ）とは反対の考えを持っていた。小セネカにとって考えることは、普遍的なものに向かって上昇することであった。思考を駆り立てる問いよりも、思考が向かう共同体のほうを好む思考、それが哲学の定義だ。「猥雑なものを拭い去れ」、これが小セネカの標語である（つまり皇帝ネロに仕えた政治家の標語である）。「起源を作り直すこと、根源にある動物性を否定すること、自然の共同体とは縁を切ること」。これが社会的なものになることへの祈願である。

*

老女イオカステは、息子との近親相姦が周知のものとなり、首を吊った。

しかし、エウリピデスの『フェニキアの女たち』では、王妃は首を吊ったものの一命は取りとめている。イオカステは、黒服に身を包み、剃髪した頭で、一人、舞台に登場する。それは、扉の閉まった過去から、つまり、オイディプス王がその二人の息子の監視のもと幽閉されていたテーバイの王宮から出現した、往古の穢れ《ソルディド》たものである。

この劇の終わりで、かくも長きにわたって課された幽閉の後にようやく日の目を見たオイディプスが、精神を狂わせてあらわれる。たえず舞台から不意にあらわれる大きな盲目の亡霊オイディプスは、この舞台が生み出す果実であり性器である。

もっとも猥雑なもの《ソルディディシム》の反対は、美しすぎるものであり、それは〈自然〉環境あるいは〈文化的〉枠組の中で染みとなる〔＝調和を乱す〕。

例えば、ル・ナン兄弟が描く、農婦が手にしたヴェネツィア製の神秘的で豪奢なワイングラス。

＊

皇帝マルクス・アウレリウスは、ギリシャ語における、猥雑でありながら人を夢中にさせる時間の痕跡の目録《リスト》を作った。パンを焼くときに入った黒に近い焦げのひび割れは、食欲を沸き起こす。昔の傷の茶色くなったかさぶたは、死の脅威を思い起こさせる。腐る直前の熟しきっては少し裂けた無花果の実。表皮に皺ができ、実が少し熟したときのオリーヴの奇妙な艶《つや》。死期の近さを感じさせる偶然の魅力に皇帝は心動かされる。彼の家庭教師フロントは、それは「時宜にかなった」美だ、と語った。死の直前、顔を裂いて大きく開く獣の口のように。死にゆくもの、まさに今死につつあるもの、まもなく死ぬであろうものの本性に人間以前のもののあらゆる痕跡があり、それが皇帝を魅了するのだ。

もっとも猥雑なもの《ソルディディシマ》と時宜にかなったもの《テンペスティウィタス》は隣り合っている。生に奉仕し、生の歯牙を求める死のように、生はその歯牙で、倒して殺した死体を貪り、〈飛び跳ねる獣〉を次々と殺戮するのだ。

パンに残るひびのような歯形は、パンをかじった歯と、パンを飲み込む穴を呼び寄せる。〈青ひげ〉の鍵についた妻たちの血が、経血であるにもかかわらず、永遠に新鮮なままであるように。

10　牝ギツネ物語

三匹のクマが山で一緒に暮らしていた。走りまわり、岩や木々をのぼり、獲物を追いかけ、食べていた。夜になると洞穴で眠った。お互い話しをする必要はなかった。存在していることが無上の喜びだった。

一匹のあばずれの牝ギツネが徘徊していた。牝ギツネは通りがかり、三匹のクマに気づいて、彼らのあとを追い、その平和な生活を羨ましく思った。

牝ギツネは彼らの住処で暮らし、喜びを共にしたいとすぐに熱望した。「あの三匹には他に誰もいない、女が必要だ」と彼女は思った。そこで彼女は行動を起こした。

日が昇り、三匹が狩りに出かけるのを待った。それから彼女は洞穴へ入る。暗がりのなかを探り、あたりを嗅ぎ分け、ようやく彼らの藁布団のひとつに座り、彼らのハチミツを食べ、ミルクを飲んだ。三匹が戻ってきた。

だが、彼らは、本来のクマらしくその牝ギツネを眺めた。三匹でひとつの群れをなしていたため、彼らはその闖入者を貪り食い、その黄金色の毛皮をとっておいた。

彼らはその毛皮を指しながら言った。

「これは俺たちの妻だ」

彼らは絶頂に達し、この芳しい柔らかな皮に精子をぶちまけた。

*

『三匹のクマ』――『牝ギツネ物語』――のもっとも古いバージョンはスコットランドのものだ。もっとも新しいバージョンは、一八世紀にイギリスでまとめられたので、『嵐が丘』にとても似ている。

ある日、リヴァプールの森で、一匹の仔グマの目の前でその両親が殺された。その仔グマは逃げて、さまよい、腹を空かせて森を出た。仔グマは荒れ地《ランド》にたどりついた。小さな峡谷に灯りのついた家があるのを目にした。仔グマはおそるおそる扉に近づいた。三匹の牝ギツネの静かな生活を仔グマは邪魔することになった。仔グマの身体は汚れていた（*dirty*）ため、牝ギツネたちは怯えた。仔グマは真っ黒だった。しかし、仔グマのことを可哀想におもった牝ギツネたちは、彼に食事を与えようとテーブルの支度をした。

*

夜も遅い時間。アーンショー氏はドアを閉め、ぐったり疲れて、椅子に腰掛けた。彼は外套を開いた――すると、ぼさぼさ頭のとても汚れた（*dirty*）子供のヒースクリフがあらわれた、彼は地獄からやってきたかのごとく真っ黒だった。

アーンショー氏はヒースクリフが家族を失ったのち、ものも言えず（*dumb*）、腹をすかしてリヴァプールの街を彷徨っている姿を見かけた。

ヒースクリフを表現する言葉はいつも「汚らしい（*dirty*）」だ。その上、エミリー・ブロンテはいつもこの「汚らしい（*dirty*）」という語をヒースクリフに言わせた。

11　トーザ

オトミ族〔メキシコに暮らす民族〕は往古《ジャディス》の時間を「トーザ」と呼ぶ。〈古い袋〉という意味だ。

〈古い袋〉とは、出産の際に排出される子宮の古い皮膜を意味していた。

オトミ族の祖先はポシータと呼ばれている。「ぼろぼろになった古い父の外皮」という意味だ。

オトミ族はいう、男根《ファロス》は女陰の「古い皮膜」をひっぱりだす、と。男根を膨らませた欲望は、生まれてくる子供のなかへと発射された。皮膚がしぼむにつれ、下の世界からやってきた生命が皮膚を通過し、春になると、再び花を咲かせ、息を吹き返して再生する。

古い袋は見事なまでに膨れ上がる。

*

カタツムリは殻の中を、ぐるぐる回って、内側へとひっこむのではない。カタツムリは背中に内部を背負い、それで身を守っているのだが、それ以外の時間は、泥の中を、枯葉の上を、溝を、夜闇の中を前進しているのだ。

アンナ・フロイトは父親の外套に包まれて埋葬されることを望んだ。
(そのように埋葬された。今もそのままである。)

*

scruta という語は古いボロ着を意味していた。

かつてフランス語では hardes〔ボロ、古着〕と言っていた。

ラテン語の *scruta* は猥雑なものではない。*Unicus, inquit, et pauper sum ego.*(私こそは、孤独で不幸なものだ、と彼は言う。)「私はただ一人《ユニーク》」という言葉でアルブキウスが言おうとしたのは、「私は単一《ユニーク》のものの(性差の決定の、孤独の)対象であり、それゆえに不幸の犠牲者である」ということだ。ただ一人《ユニーク》とは「離反した者」のことである。

*

サン・ベルナールは『人間というものに関する省察』の中で次のように記している。「おお人間よ、お前の最初の衣服《チュニック》は母の皮膚だ。二番目の衣服は羊膜だ(ラテン語の *secundina*、フランス語の délivre、

ギリシャ語の *amnion*）。三番目の衣服は、生まれるときの、わめき声をあげるお前の顔だ。主よ、私は両親から生まれ、両親は、私が生まれる前に、私を地獄の亡者（*damnatum*）にしたのだ！　罪人たちは罪のなかにひとりの罪人を生み出したのだ。不幸なものたちはひとりの幼な子を不幸へと招いた。私のもとにこの世界への生の扉のイメージが浮かぶとき、私は死の扉を熱望する！　いまの私はかつての彼ら。いまの彼らはこれからの私。私とは何者なのか？　流刑地へとむかう一抹の泡だ」

＊

言葉を話す人間だけが、清潔なものと汚れたものの区分ができる。

本当に幼い子供は、犬同様、汚れたものが分からない。

だが猫は――虎は、ライオンは――汚れたものが分かる。

この上なく貴重なものが生み出す清潔なものと汚れたもののあいだの拮抗した対立は、このような境界で生じる。

あなたが猥雑《ソルディディシマ》なものと呼ぶものは何か、とアルブキウスに尋ねたとき、彼が示した例のなかに、便所が含まれていたのは事実である。しかし、彼は海綿もそうだと述べた。

イエスが死んだとき、酸っぱくなったワインを吸った海綿が彼の口に供されたからだ。

死にゆく神の裸体にあったのは、1．腰巻、2．海綿、だ。

＊

ピエール・ダミアン曰く、結婚とは恥ずべき行為であり、神はそれを許しはしたが好んではいない。どんな運命を辿ろうとも、精液とは下劣な汚物なのだ。

モンテーニュ曰く、私たちを生み出したこのわずかな精液のしずくは、なんと恐ろしいものだろうか。

*

裸体に認められるものは何か。

純粋な状態の〈往古《ジャディス》〉。

アイデンティティとは、愛する前に脱ぎ捨てられる衣服にすぎない。

原初の裸体だけが、二人の主人に招かれる。私たちを生んだ源泉そのものに戻るために、異質なものあるいは異性愛者が一つになれると信じる性交を受け入れるために、溢れ出す生の原初の喜びを感じることを期待しながら。

かつて女性の性器（*majores labiae*〔大きな唇〕）は guenilles〔ボロ着〕と呼ばれていた。guenille は水を意味するガリア語の *wadana* に由来する。切れ切れで、ぼろぼろで、ほつれた、着古した衣服。

お互いの猥雑《ソルド》なものとボロ着とを（お互いの「往古《ジャディス》の衣服」を）剥き出しにすること。

大地と世界の縁にある〈古い袋〉。

自閉症者《オーティスト》の純粋で、たぐいまれな、茫然とした、悲劇的な、海洋的な感覚能力は、その〈古い袋〉を護符とした。

autoi（「自分自身」という意味）はつねに「自分に先立つもの」を保護した。彼らはそれが生きなが

らえるためなら、生きるのをやめるだろう。それが「自分の」母親だからではなく、たんに彼らの周りの母と呼ばれるものが、「自分以前の自分」だからだ。

〔ヤコブ・〕ベーメは光のあたった銀板を前にして恍惚《エクスタシー》〔＝脱自〕を覚えた。

彼は世界のあちら側にいる幸運を味わったのだ。

聖なるもの《レス・ディウィナ》、つまり何よりも貴重な、持ち主よりも貴重な失われたものは、自己の外、自己自身の外、世界の外にしか、他所へと向かう恍惚《エクスタシー》にしかない。フランス語の **ailleurs**〔他所〕という語は、ラテン語の *in aliore loco*〔他の場所で〕という表現から生まれたものだ。恍惚《エクスタシー》は身体を「他の場所」へと向かわせるものだ。

12　対象aの発明

国王ルイ一三世の銃士たちは、セネガンビアのダチョウの羽の乗った、カナダのビーバーの皮でできた帽子をくるくると回して敬礼していた。

私は明言する。銃士たちは対象aをぐるぐると回していたのだ。

＊

埋蔵された硬貨の詰まった壺が最初に見つかったのは、ザクセン州の町シュテンダルにおいてだった。宝の穴——一万年以上の時を経て、アンリ・ベール〔スタンダールの本名〕は、ふとそこに自分が看板として採用した筆名の音が隠れていることに気づいた。

＊

ジャン・アルーシュによれば、一九六三年一月九日にジャック・ラカンは対象aを発案した。この時、ラカンは不安について考察していた。愛の対象はただちに性器的な享楽において失われる——ちょうど享楽の後に小さくなる性器のように。

同様に、ある語はただちに、それが表す意味作用のなかに消える。

同様に、喪に服した者の内なる苦しみは——体の内側から生じるため、子宮の痛みだと思えるほどだ——叫び声によって、大気中に投げ出される〔＝客観化される〕。

いずれにおいても、残るのは、失われているがために本当の意味では残余とはいえない残余である。言い表すことのできない影。現実的な名残惜しさの感覚、ただしその理由はもはや見当たらない。

喪に服した者のかたわらに残る残余は、語ることのできない夢の残余、言葉で言い表そうとすると再び失われてしまうものだ。

逃げ去ったばかりのもの（快楽へと逃げ去ったばかりの欲望、男性器を離れた硬直したシニフィアン、あらゆるシニフィアンに先立つ記号、死者、眠りのなかで幻覚にとらわれた夢幻のような光景）は、もう一度取り戻せると思わせるような痕跡を残す。

どんな死者も空間のなかに輝かしい痕跡を残す——もちろん、その死を悼むことのない者にはその痕跡は少しも見えない。

往古《ジャディス》には、最初の人間はまず自分たちの歯を残していた。

対象《オブジェ》aとは、死の穴を少しだけふさぐものである、というのも、失われたものをいくらか誕生に置き換えるからだ。胎生動物において死とは何か？　それは、誕生の際に生じた喪失と直接関係しているものだ。

失われたものの喪失、それは最初の精液だ。（受胎の役に立たなかった、残された精液の汚れ。）

別の男がいた痕跡《ウエスティギア・ウイリ・アリエニ》。

ラカンが考える可視化できないものの最初のイメージは聖体《ホスチア》のパンである——キリスト教の儀礼において、それは食すべき死者を表す。そこには欠如、穴がある——丸い形の不在が。

フェティシストとは途中でやめる人のことだ。悲嘆にくれて過去を想起する中、思い出が束の間の休息をとる。フェティシストは靴に、ショートパンツに、毛の生えた場所に、匂いにこだわる。彼は最後まではいかない——女性の太ももの間のペニスの欠如までは。はじめて見たとき、そこにあったのはいくらか円い穴だった。

古フランス語では、女性名詞の rien（*rem*〔物〕、性的事象）よりも——それはやがて男性名詞の rien〔無、なんでもないもの〕となった——何であれ objet のほうが好まれた。

文人は文字《レットル》を好む、とりわけ、頭文字を。彼らは頭文字を「贈り物〔＝古写本の飾り文字〕」と呼んでいた。小文字の a は *alter*〔他の、もうひとつの〕の頭文字であるというだけでなく、*agalma*〔アガルマ〕の頭文字も意味するようになった。*agalma* はギリシャ語において、墓の中の死体のかたわらに置かれた人工物を意味した。残された者が墓に入れたのは石、偶像《イメージ》、肖像、胸像、剣、首飾り、二輪車、馬だった。喪に服する者は、死者がもっとも愛しているものを残した。その人のことをもっともよく示すものを。喪に服する者は、死者がもらいたかったもっともすばらしい贈り物をおくろうとしたのだ。その贈り物のかたわらで、死者は不可思議な死後の生を望むのだろう。

のちにギリシャ人は、（空間の中、死の中、語の中には存在していないが）心の中に愛する人の姿《イメージ》をもつ人間を《agalmatophore》と呼んだ。古い対象 a である「小文字の alter」は、不意にいなくなった存在をまったく別のものへと変えるものだった。新しい対象 a である「小文字の agalma」は、消失において消失するものを識別するものとなった。死者の中で不在ゆえに輝くもの、光をそなえ、生の流れを奪い去ったもの、それこそその死者とともに死のなかに消えていった奇妙な対象なのだ。それは死者が何よりも愛し、死者を存在させていたもの、だが決して具現化されなかったものだ。性別化された存在のなかの生きた欠如、それこそジャック・ラカンが、対象aを考えついたときに示そうとしたことである。それは死者のなかでもっとも欠如しているもの、死者の希望、欠乏、怒り、欲望、脅威である。

*

あらゆる存在は、別の存在のなかに見出される、魅惑的で、絶えずおのずと消滅するような小さな信号《シグナル》をもとに生きている。人間はみなその信号を探し求めることに自分の生を費やし、その信号を自分だと考える。人はいつも自分の夢からの目覚めを繰り返しているようなものなのだ。他者がその身体とともに墓のなかに持ち込んだもの、その人よりも、その人とともにもっとも欠けているもの、その人の身体よりも、アイデンティティよりも、名よりも、絆よりも（その人の臍の緒もまた往古に埋葬された）、その人の住処の背後にある嚢よりも（その人の古い袋、羊膜、後産よりも）欠けているもの、それこそが、その人を存在せしめるのだ。アリストテレスによれば、それはその人のエンテレケイアである。スピノザに言わせれば、その人のコナトゥスである。

存在、いやむしろ、存在させるものは、第二の王国（光輝き、対象《オブジェ》で満たされた、脱性別化された言語世界、序列化された、社会的な世界）のなかにある、見つけ出すのが難しい小さな対象《オブジェ》である。というのも、それは対象《オブジェ》の世界のなかで、言語への隷従が生じるよりも以前にあるのだから。

それはこの世界に到来する以前に、この世界に鳴り響いていた声に似ている。

それは、失ったものを失うためになお犠牲にしなくてはならないものだ。

それは、潮が引いたあとの前浜だ。

神々が通る道。

＊

対象《オブジェ》ではない小さな対象《オブジェ》、それが主体だ。社会的というよりも系譜学的な、空間的というよりも時間的な、身体的というよりも性的な、知覚的というよりも魅惑的な微小な対象《オブジェ》。それは最初の世界の対象ですらない「失われたもの」で、「失われている」ために欲望を引き起こし、人にある対象を、ある存在の仕方を、大地にさすある光を、第二の世界のある「生」を欲望させる。

この対象《オブジェ》は、その大部分が対象《オブジェ》も、空腹も、肺呼吸もない第一の王国に属している。

心惑わすものの源流にあるもの、何であれ姿を現したものあるいは姿を現すことできるものの源流にあるもの、それがイメージをもつことなどあるだろうか。

＊

一方には、失われたものの世界、イメージも、言葉もない、性的な、馴致することのできない世界がある——往古だ。

他方には、思い出の、言葉の、名の、遺物の、古道具と歴史の、交換することも購入することも盗むことも換金することも蓄えることも可能な対象《オブジェ》の世界がある。それが過去だ。

中国人は、インド人が牛糞を、この上なく貴重なものとして集めていることに驚いた。

インド人は、中国人が青虫が吐く液を好み、それから衣服さえ作って身につけていたことに驚嘆した。

フランス人は、スイス人がアブサンを飲ませた飼い犬を食べるのを目にして驚いた。

スイス人は、フランス人が、先が二つにわかれた鉄製のフォークで、新年にエスカルゴを食べるのを見てショックを受けた。

ローマの修辞家カイウス・アルブキウス・シルスが紀元前一世紀にもっとも猥雑なもの《ソルディディシマ》と呼んだもの、一九五〇年代終わりのパリでジョルジュ・バタイユが「呪われた部分」と呼んだもの、一九六〇年代終わりのパリでジャック・ラカンが「対象a」と呼んだもの、二〇世紀末のニューヨーカーたちがジャンクと呼んだものは、かつて身体の壁に残した沈黙の痕跡であり、線であり、刺青であり、絵画であり、装飾品であった。かつて、日本では、愛に「傷ついた」者は、自分の身体についた「傷」跡を見せようとした。そのため彼らは、鋭利なもの、切断された指、切り取ったペニスの包皮、シルクの下着、切った髪の毛、喧嘩のしるし、欲望を覚えた男や女に対する強い感情を示す個人的で不快な証拠を集めていた。死をかけた決闘、自殺、それこそ、この世界のものではない対象《オブジェ》への情熱に見合った本当の贈り物だ。

13　コロックの物語

彼らはある川辺で幸福に暮らしていた。あらゆる魚、果物、鳥、動物がそこにあった。彼らは魚をとり、果物を摘み、鳥を狩り、動物を愛した。だが何ということだろう、異質な風が大気に混じった。喉が締めつけられた。鳥たちは空から落下した。子供たちは死んだ。うめき声が発せられた。涙が流された。誰もが命を落とした。

一人の女とその息子だけが生き残った。二人とも高熱を出しており、歩く力さえなかった。ある朝、息子は地面をかき回し、口に入れられるものを探し、茂みの中を這って進んだ。彼は森にたどり着いた。コロックは木陰に赤いナメクジを見つけた。ナメクジは液体を分泌し、不潔だったが、それでも彼は空腹だった。そこで、ナメクジに近づいた。

「食べないで！」ナメクジは懇願した。

彼はそろりと、ネバネバしたナメクジを指でつまんだ、とてもお腹が空いていたが、可哀想だと感じた。コロックは葉っぱにナメクジを包んだ。住処にナメクジを持ち帰った。母親の目にとまらないようナメクジは隠しておいた。母が焼いて食べてしまいそうだったからだ。彼は寝床にナメクジを隠しておいた。

夜になると、ナメクジはコロックの下腹部に身を落ち着けた。ナメクジはコロックがそれまで味わったことのない、それどころか想像したことすらない快楽を彼に与えた。

快楽を味わったのち、彼は眠った。こうして、彼は夜毎に少しずつ力を蓄えていった。

逞しくなるにつれ、より多くの獲物を殺すようになった。

毎朝、彼は住処を出て狩りに出かけたが、出かけ際に母親にこう言っていた。

「シダの寝床には絶対に触らないで。何にも触らないで。でなければ、もうお母さんに食べ物を持って来れなくなるから」

母親は思った。「なぜコロックは寝床に風を通させてくれないのだろう」

ある日、母親は息子が森へと出かけていくまで待って、悪臭を放つ寝床をまくり、葉やシダを取り払うと、そこにナメクジを見つけた。彼女は大きな声で言った。

「こんなばっちぃもの、コロックは何をしているの」

彼女は堆肥の中にナメクジを投げ捨て、石で汚物をすりつぶして、野菜や若芽にすっかり撒いた。

その日の終わり、コロックが戻ると、小屋まで持ち帰った猪の子の胃袋と肝臓を食した。彼は次の日には小屋を解体するつもりだった。

食事が終わったあと、彼らは小屋の中に入った。

彼は寝床が新しくなっているのを見た。

彼は飛び上がり、あたりをくまなく探したが、もはや何も見つからなかった。彼は母親に尋ねた。

「ナメクジはどこ?」

母親は言葉を濁した。彼女は猪の子を食べすぎて、満腹だった。彼女はただぶつぶつと、自分が見たものは不潔なものだった、とだけ口にした。それから彼女は横になって眠り始めた。

その時、コロックは苦しみを覚え、小屋を出た、そして川のほうへ向かい、上流を目指して川沿いを山の中へと歩いて行った、彼は夜明けの光に目をくらませながら、その光のなかに少しずつ姿を消していった。その後、コロックの姿を見たものは誰もいなかった。

14　悪魔の襤褸《ボロ》

皇帝は母親とともに臥輿に担がれ散歩をしていたとき、自分を産んでくれたその身体にとめどない欲望を抱いてしまった。側近たちの目には、衣服の汚れから何が起こったのかは明らかだった。*ac maculis vestis proditum.*〔「その証拠に衣服が汚れていた」スエトニウス『ローマ皇帝伝』〕

アグリッピナの臥輿から出たネロの長衣《トーガ》に付着していた精液の汚れについて、ディオン・カシウスは次のように記している。「アグリッピナは自分の息子に身を捧げることに決めた、ポッパエアに夢中だった息子の気を逸らすために」

クルウィウス・ルーフスは「ネロの母は、二人きりになるや、息子に性的な歓びを与えることで、息子への支配力を維持しようとしたのだ」と書いている。

ファビウス・ルスティクスは次のように記した。「ネロは、自分の母親を犯すとき、彼女の身体を強く抱きしめ続けた」

スエトニウス、タキトゥス、アウレリウス・ウィクトル、オロシウスによれば、まだ新しい精液の汚れは報告されたが、近親相姦があったかは確かな事実とされていない。

二〇世紀の現在を生きるわれわれが、青いドレスについた精液の汚れから思い出すのはアメリカ合衆国の大統領のことだ。

染《マキユラ》み、それこそ猥雑なものの核心である。

ベルクハイムでは、性器に触れる衣服は *Unaussprechlichen*（「名付けがたいもの」）と呼ばれていた。ピエール・ニコルは「罪人とは、無垢の衣を失ったために、恥ずべき裸体だけになった人間のことだ」と書いている。

動物の毛は裸体であり、同時に裸体ではなかった。

牛馬の毛、獣毛、羽根、毛皮が動物から盗み取られたのだ。動物から盗みとられたことで、裸体が生まれた。

ちょうど狩猟という行為が、後天的に学んだ捕食であり、肉食と同様、野生の獣から盗みとられたように。

聖アウグスティヌスは言った。「女も男も身につける衣服はすべて *panni diaboli* ——悪魔の檻褸でしかない」

*

衣は慎み深さではなく堕落に関わるものだ。衣は堕落の瞬間に生まれ、堕落によって羞恥心が裸になった身体を襲う。その最初の証拠は、アダムが作ったイチジクの葉の前掛けである。ヴェール（velum）は産着から死装束まで人間に装いを与えるものである。アルヴェルトゥス・マグヌスは言う。「なぜ十字架にかけられたイエスは腰巻《カルソン》を身につけていたのか。神は腰布《ペリゾニウム》を身につけ、人間にアダムの堕落を思い起こさせた」

より正確にはアルヴェルトゥス・マグヌスが述べたのは次の通り。我らが主イエス＝キリストの「腰布《ペリゾニウム》」は、最初の人間の無意識のあやまちを覆い隠しているのだ。

＊

《calçon》、《calssons》、《callessons》といった語がフランスで使われるようになったのは一五七七年のことである。

宰相マザラン治下、聖体秘蹟協会は裸体に腰巻を身につけることを命じ、あらゆる都市で、その土地の慣習がどのようなものであれ、実行された。

共和歴七年花月《フロレアール》二五日、フランス革命は裸での水浴を禁じた。

パリですら、革命勢力が、城壁内での下着の着用を課すにいたった。

裸体は一世紀以上ものあいだ、セーヌ川縁から、次に西洋から、そして、東洋の川縁から、そして南北アメリカの川縁から姿を消した。

＊

裸体は聖書にとりついている。裸体からダヴィデの堕落が生まれる。裸体から、ソロモンの無分別な心の迷いが生じた。裸体から、ベルシャザルの野放図な逸楽が生まれた。裸体から、ヘロデ王の宮廷での醜聞が生まれた。サラがファラオの王国とアビメレクの王国に姿をあらわすや、男はサラからそのヴエールを剥ぐことを夢見た。

＊

禁じられた裸体の、キリスト教における露出的趣味が存在する。マリアの膝の上の神の子は、性器をあらわにしてその人間的性質を示している。母の右腕の湾曲《シヌス》に抱かれた子イエスの性器の露出《オステンタチオ・ゲニタリウム》は、復活した神の子の傷の露出《オステンタチオ・ウルネルム》と対をなしている。

イエスはロンギヌスの槍が刺さった脇腹を差し出した、トマスが傷口に指を入れられるように。神の羞恥心は、乳房を見せる処女である母の羞恥心と表裏一体である。授乳の聖母《マリア・ラクタンス》。

15　プラウティラのヴェール

　ヴェロニカのヴェールとイエスの関係は、プラウティラのヴェールとパウロとの関係と等しい。パウロがオスティアの街の門に到着したとき、鎖で繫がれたこの使徒は、プラウティラという名の年配の女性と出会った、その女はパウロが自らの〈受苦〉に耐える姿を見て涙を流し始めた。そこでパウロは彼女にラテン語で語りかけた。

「お前のヴェールをくれ、プラウティラ。そのヴェールで自分の両目を覆えば、恐怖もなく、ローマ人に打たれて死ねる」

　そこでプラウティラは顔に巻いていたヴェールをとり、パウロに渡した。しかし、皇帝の近衛兵はその女に言った。

「それほど高価なヴェールをなぜあの男にくれてやるのか」

　しかし彼女は答えることなく、パウロにヴェールを譲った。

　刑場に到着したパウロは、東方を向いて、母国語でイエスに祈った。古ヘブライ語で〈永遠者〉に感謝を述べたため、誰も彼の言うことを理解できなかった。皆は言った。

「あれは魔術師だ」

彼らは聖パウロに呪いをかけられるのではないかと恐れていた。しかし聖パウロはプラウティラのヴェールを目隠しとして自分の目に巻き、地面にひざまずいて、頭を垂れた。首を切り落とされた瞬間、顔に巻きつけられたプラウティラのヴェール《ウエルム》の上にミルクが噴き出て、甘美な香りが首から漂った。

16　ディオニソスの籠

ディオニソス崇拝の祭儀の籠にある不可視のものとは何か？

籠という言葉。

ギリシャ語の「ロゴス」は籠を意味する。

数千年のあいだ、それ自体、完全に不可視のものだった口頭言語のなかで、目に見えないものとは何か。

言語学的な二項対立において目に見えないものとは、対となりえない性的なものの差異である。男性器（ディオニソスのファロス）を覆うヴェール（リクノン）に隠された不可視のもの。それは事物《レム》（物＝無〔chose-rien〕）の変容そのものだ。かつての私たちの言語では、物、事物《レム》、無〔la *rien*〕は、男性器を意味した。無は、不定形《アモルフィア》なものから形態《モルフェ》に移行する。事物《レム》は「変容」の原型である。この移行は儀式となる。不定形のものから形あるものへの、形あるものから不定形なものへの移行である。

不定形《アモルフィア》なものから形態《モルフェ》への移行が変身を規定する。

ローマ時代のバッカスの宴に固有の儀式とは何か。生きた若い男の姿形《フォルム》をばらばらにし、その生肉を食することだ（その体を生きたまま引き裂き、まだぴくぴく動いている、血の滴る生温かい生肉の断片を食すること）。

目に見えない二つのものがこの時、計測されている。人間という形象を作り出す二つの不定形なもの（懐胎と死）。私たちはみな、そそり立つ性器から生まれるが、その性器が射精する様を目にすることはない。精液がほとばしった女性器の中で私たちは生命を授かった。それこそが受胎であり、肉体に形を与えることである。

私たちの身体は、死を経過することで死体へと変形を蒙る。

これら二つの光景は不可視とされている。実際、目にすることができないからだ。いずれも束の間のものである。

自分が作られた光景を見た者はいない。

自分が天に召される光景を見た者はいない。

*

男性のアナシルマ〔古代ギリシアに見られたスカートやキルトをたくしあげ臀部や性器を見せる行為〕。欲望によって大きくなる前の状態と比べて、欲情した男性器ははっきりと目に見えるようになるため、目につかないよう抑制する必要がある。見られるには露骨すぎるのだ。男性器はヴェールを取り去ることでしかあらわれない。ローマの既婚婦人たちは物欲しげに横目でちらりと見るが、まじまじと見つめることはない。ディオニソスの儀礼のなかでもっとも重大な瞬間は、ヴェール《ウェルム》をまくりあげ、籠の中に預けてあった聖なる男根像《ファスキヌム》をさらけだす瞬間だ。

Ubi sunt qui ante nos ?

私たちより前にいた人はどこにいるのか？　（死者ならば）死装束の下か。（陰部ならば）下着の中か。

＊

ロゴスを覆うリクノンは、想起によっても思い出すことのできないものを現前させる。ディオニソスの籠に置かれた男根《ファスキヌス》を隠すヴェール《ウェルム》は、裸体が露出させないものを思い起こさせる。

完全に目に見える不可視の何かを。

それはいたるところで目にする物《レス》だ、というのも私たちの誰もがその生きた痕跡なのだから。

あらゆる生きた痕跡のなかの、直接目には見えない性《セクシャリテ》。

人間が動物とのあいだに設けようとする差異、それがヴェールだ。

羽根、鱗、角、毛皮、あらゆる動物の甲殻や皮よりも、どんなものであれ人間の衣服においてのほうがより多くの性《セクシャリテ》が作用している。動物たちからその表皮を奪い取る人間には「覆うことへの抗しがたさ」がある。

＊

アガメムノンの顔にかかった死のヴェール。

創意に富むティマンテス《テイマントウス・インゲニオスス》。父である王アガメムノンの手で生贄に捧げられるため祭壇の前に立つイーピゲネイアの姿を描いた画家ティマンテスは創意を凝らした。ギリシャ人が言うには、ティマンテスがアガメムノンの顔をヴェールで覆ったのは、我が娘に手をかけ、その身体を血塗れに切り裂いた父の激しい苦しみを、それ以上に力強く描くことができなかったからだ。

＊

胎児の世界（無時間の世界）と比べれば、私たちは老いている。私たちはもう包まれてはいないのだ。誕生以来、死だけが私たちを締めつける――母のように私たちをギュッと抱きしめるのだ。私たちは震える。

性的な兆しは断続的に稀にあらわれる。

その兆しは震える。

その兆しが確かなものとなるのは、誕生の後でしかない。生まれたばかりの子を前にしてはじめて、ある日、ひとりの人間が作り上げられた〔＝まっすぐ立てられた〕と確信できるのだ。

心根のまっすぐな人間はこの世でもっとも美しいが、めったにお目にかかることはなく、束の間そのような時期があっても、長く存在することはなく、たいていは時宜をえない。それ以外の時には、人間の中の男性性や貞淑は消え失せている。

底のない淵の光景。

男や女をひとつの深淵として愛さなくてはならない。

17　女王イザベルの四つの歓び

カスティーリャのイザベル女王は次のように告げた。

「鹿を狩ろうとうずうずしながら舌を出すグレーハウンド、祭服を身につけ大聖堂のオルガンの聞こえるほうに進む祭司、絞首台に首を吊るされた盗賊、両腕を開いて愛する男を迎える女、これらを見ると同じ魅力を感じてしまう」

18　ミロボル

ミロバラン〔mirobalant：正しくは myrobolan で学名は Terminalia chebula〕は対象aだろうか。

ミロバランはもっとも猥雑《ソルディディシム》なものの威厳を有しているのか。

中世においてミロバランは乾燥した果実を指し、薬剤師はそれを用いて治療薬を調合していた。

ミロボル〔mirobole〕はむしろ寄せ集められた乾燥した第五の季節である。古代ギリシャ語ではどんぐりの匂いを意味した。猥雑なものは、欲望をかりたてることのない時期、つまり冬に結びついている。

アン・ブロンテは寒気のためにくっついた赤茶色の落葉の塊を「凍りついた秋の遺物」と呼んだ。そのせいで歩きづらく、歩くとパリパリと音がなる。不意に足が滑ることもある。

ヒースの落穂。

薮。

エニシダ、乾燥したシダ、柴束。

スイカズラの老いた茎。

スグリの木の古い枝束。

籠細工の帽子、藁の束、干し草の山、
古い籠。

*

薪の積まれた土地を覆い、周囲のどんな音も和らげる白いおがくず。
神の十字架にひっかかったままの昨年の枝の主日〔復活祭直前の日曜日〕の聖なる緑葉。
魚籠、芥子の実、ニンニクの房、ランプのためのアブラナの茎、カモミーユの花、切れ目なく続く雛菊の花々、
ひっそりとした柘植、穏やかなヤシの葉、
数々の小枝。

19　ポントルモ

一五五四年から一五五七年まで、ポントルモの毎日の排泄物の形や大きさがどんなものだったかは知られている。彼は歯を食いしばり、拳を握りしめて、生きていた。幼少期には死の恐怖に苛まれていた。ポントルモとはフィレンツェから三三キロの場所に現存する小さな村で、彼の名はそこからとられた。いやむしろ、その名のほうが彼を受け入れたのだ。いつも大きな口が、私たち自身よりも大きな口が開いているということだ――私たちはあまりに小さきものとして始まるのだ。父親は六歳のときに、母親は一一歳のときに亡くなった。読むこと、数えること、鉛筆を手にとって、デッサンしたり、書いたりすることは祖母が教えてくれた。一三歳のとき、祖母はポントルモの手をとり、フィレンツェへと出発した。彼らは徒歩で向かったが、祖母は彼を孤児院に預け、死んだ。以後、青年ポントルモは妹マッダレーナの面倒を見ることになる、彼らは靴直しの職人の家で暮らしていた。

マッダレーナは一五歳で亡くなった。

ポントルモは若くして、驚くべき自在さで絵を描いた。

アンドレア・デル・サルトはこの子供の才能に嫉妬を覚えた。弟子として認められて間もなく、ポントルモは師からアトリエの外へ追い出された。誰もが同じことをした。画家や絵具職人たちの目には、ポントルモの孤独とメランコリーがひどく深くなっていくように見えた。彼は一人で暮らし、社交を絶っていた。とてつもなく怖がりだった。ヴァザーリは次のように述べている。ポントルモは死を激しく恐れるあまり、その言葉を耳にすることを嫌がったが、それだけではすまなかった。彼は極端なほど礼儀正しかった。つまり、溢れんばかりの荒ぶる気持ちを抑えており、心の内を表に出さず、並外れて美しかったが、激しい怒りが口元にまであらわれていた。生涯ずっと、自分の小さな家を改装することを――まして綺麗にすることも――望まなかった。彼はただ仕事をして眠るための部屋を持ち続けたのだった。帰宅すると木製の梯子を滑車で運び、それを使って自分の小さな部屋に登った。知らないうちに、また自分が望まないのに、誰かが部屋に入ってこないよう彼はそうしていた。六〇歳になると突然、彼は日記をつけはじめた。一五五四年一一月五日のことだった。日記をつける前に、身体的な苦痛やそれまで以上の激しい不安を感じたのだろう。そのためか健康状態、仕事の進捗、口にした食事、排泄物まで詳細に書きとめてあった。日記の書き出しは見事なものだが、いくらか動揺していることが分かる。「一五五四年一一月五日という日付を書き留めておこう、そうしなくてはならないと思うからだ」。自分の不調に抵抗することが、不調を食い止めることになるだろうとおそらく彼は考えた。書くことは、書き留めたものを自分の外へ固定することのように思えたのだ。そうすることで、不安をもたらすものから積極的に身を離せるように感じられたのだ。しかし彼の身体に対する愛は地獄そのものだった。絶食、身体の健全さ、清潔さ、詳細な観察、食事を作ってもらうことの拒否、誰かに家事、衣服、料理の世話を任せられないこと、外出すること、市場や群衆の中、宮殿へと足を運ぶことに対する強い不安、こうしたことは同じひとつの症候をあらわしている。ジョルジオ・ヴァザーリは、ポントルモは信じられないほど孤独だった、と書いている。

一五五五年一月三〇日、ポントルモは次のように書き留めている。「私は子供の死を嘆く人物の二つの腎臓を描きはじめた。すると私はお腹が痛くなった」

一五五五年四月二二日。「なぜどのようにしてか分からないが、今日、一五五五年四月二二日、新月の初日に私に起こったように、突如として体調万全に感じることがあっても恐れてはならない」

一五五五年七月九日火曜日。「腿肉を料理した、下痢がひどくなった。多量の胆汁に血が混じり白かった」

一五五六年一〇月四日日曜日。「私は一日中、尻の下にある二つの頭蓋骨を描いた。吐き出す手立てはないのだが、喉の奥に何かが張り付いているような感覚を覚えた」

苦痛を感じるこのような彼の身体にも好物の食べ物はある。ソースのかかった半熟のオムレツをパンと食べるのが好きだった。炭火の上でグリルした子羊の腎臓を美味いと感じた。野菜については、フダンソウ、アスパラガス、ほうれん草、アンディーヴ、ポロネギ、アーティチョークが好物だった。果物は、焼きリンゴと乾燥レーズンが好きだった。日中、喉が渇いた時には、ギリシャ産の白のレチナワイン。赤ワインならラッダのものを好んだ。

20　一五四二年のポルトガル人の股袋《コッドピース》について

一五四二年に来日したポルトガル人を目にしたとき、かつての日本人はポルトガル人の股袋《コッドピース》〔股間の前開き部分を覆い陰部を保護するもの〕に感心し、それが喚起する性的な能力を羨望した。

intrusus という語はローマでは招かれざる招待客を意味していた。予期せぬ急な来客のために集まりは台無しになる。

福音書において、この語は衣服とは関係のない布切れのことを指す。関与することのない部分。どんな過去も持たず突如到来したもの。

ジョーカーとは、カードゲームにおいて、それを受け取った人間が価値を与えることのできるカードを意味する。他の記号とは違って、このジョーカーという記号は、シニフィアンの体系において意味的価値をもたない。あらかじめ決まった意味作用をもたないこのシニフィアンは規則を破る違反者なのだ。ジョーカーは、ゲームを盛り上げる通行許可証のようなものである。ゲームの秩序はその規則のなかに、ゲームの駆け引きを進展させるようなこの無秩序の存在を認めている。

ジョーカー〔joker〕に含まれるジョク〔jok〕という語は、カーニヴァルの道化者を示す——それはまた補足日をも意味する。一年の中でもっとも長い夜の日々を迎えたことで計算が合わなくなった場合に、一年という期間を補足する無時間の日々の合計を意味するのだ。

それは冬の日であり、陶酔の日、身分をもたない時間であり、夏至や冬至と復活祭の期日とが再びうまく同期するために時間のサイクルに加えられるべき時間外の時間のことである。

ジョクはカッコウ、キツネ、ヤヌスの双面、トリックスターであり、支離滅裂で、手に負えず、教育できない、欲望のまま動く、不躾で、飼い慣らすことのできないものである。もっとも商業的で、ブルジョワ的で、ピューリタン的な風習のなかに残り続けるドギー・バッグだ。それは犬の分け前。貧者の分け前。放浪者が占める誰もいない場所。死者が占める場所。

*

アルレッキーノ〔イタリアの即興喜劇コメディア・デラルテに登場するトリックスター。仏語でアルルカン〕は短刀を身につけ、長い黒髭をあしらったマスクをかぶり、あちこち縫い目が裂け、さまざまな素材や色の布切れで継ぎはぎされた、ぼろぼろの上っ張りの中に首を埋めている。アルルカンは粗野で、礼儀を欠き、盗みや強姦を行う、猥褻な人間である。それは亡者の軍を率いる主君ハリロキングである。メニ・エルカンやシャス・エヌカン〔いずれもヨーロッパの古い伝承で、死者や妖精などからなる狩猟団。英語では「ワイルドハント」と呼ばれる〕は、イル＝ド＝フランスでは、クロシュ〔フードの付いた小外套〕を身につけた色とりどりの悪魔の無秩序な群れを指した。その群れは一月一日の夜に荒々しく大きな音を立てて現れる。

*

冬至の頃になると、小さなものが愛でられる。子供である神々も、彼らが寝床として使う部屋も、極小の藁人形や濡れたボロ切れや粘土で作られた人形も。年間でもっとも日が短い日に、聖人像はそうした小さな王国の王となる。子供たちは聖人像を長い竿の先につけて持ち歩く。*Aiôn pais paizôn.*〔時間《アイオーン》は遊ぶ子供。〕往古《ジャディス》は子供のように遊ぶ子供である。一人の男が寒気を感じている。彼はある古い名を思い出せずにいた。この男は地上にある、子供の手で持ち帰ることのできるものを全て、集めるのだ〔キニャール『シャンボールの階段』の主人公エドワール・フュルフォー〕。私が書いているこの本、『もっとも猥雑なもの《ソルディディシム》』と名付けたこの本は、過去に小説の形式ですでに書いたことがある。物語《コント》は絶対的に思考に先立っているのだ。その小説は『シャンボールの階段』。境界がない《サン・ボール》ことはギリシャ語でアオリスト〔不定過去。持続しない一回きりの行為・出来事を示す過去時制〕と言う。小さなものはサトゥルヌス祭〔お祭り騒ぎ〕をもたらしてくれる。

冬の素晴らしい一二日間に君臨する永遠に若い小さな君主の足元に積み上げられた小さなものたち。一年の中の、分類し難い一二日あるいは一三日。それらの日はメランコリーの愛人たる昏い星に庇護され暮れてゆく。

老いた冬の白い太陽は、チェッカーボードの上で木や骨の駒を進める子供の手と同じ大きさをしている。

ヌマ・ポンピリウスは太陽の進行を正確に追うと、日数を削らなくてはならないことを最初に理解した。

紀元前一九五年、ローマ元老院は春を二カ月とすることを布告した。一月はそっくり抜け落ちた。

不規則に飛び跳ねる馬に乗った騎士《ナイト》、目の前のものを何でも貪欲に欲しがる婦人たちが積み重ねたコイン、何もしないでも手の甲に降りかかる死んだ子供たちの骨。

不貞と賭博を行った者は埋葬を許されない。この禁止は次の理由から正当化される。愛人と賭博者は、興奮している時、すでにあの世にいるからだ。

＊

＊

呪われた部分とは、反社会的な部分である。それはあらゆる交換——市場が象徴交換の全体を規定している——の中で交換されえないものを構成する。言語活動において発話する自己に結びついた表現によって交換できないもの、等価取引において貨幣という象徴を用いて交換できないもの、そうした交換不可能なものが性差なのだ。

人間同士のあいだで性を取り替えることはできない。

性的なものが孕む呪われた差異のせいで、性差が一つに解消されることは決してない。和合がもたらされることはない。交換は永遠に不可能なのだ。

女性も男性も自律的に再生産を行うことはできない。

双方とも言葉のようにはいかない。

性的なものは、話者の言う「私」、口から口へと伝達され、どの口が語っても主観性の全体が表現されていると信じさせ、集団言語の中にその主観性を参入させる、そんな「私」とは異なる。

性《セクシャリテ》は人間を自分が知らない目的へと結びつける。

人間はなによりも、自分が気づかないで追い続けている鎖の環のひとつなのだ。

身体はその力を生の継続のために自由に使う。

自分が参加しているとは思っていないリレーの中で時間を運んでいるのだ。

性《セクシャリテ》の断片が数世代にわたって残り続ける。人々は歓喜のもっとも激しい瞬間に要請されたとは自覚することなく性《セクシャリテ》に奉仕するのである。

ひとつの謎が伝達され残り続ける。

子も親も先祖も死者も解き明かすことのできない謎の言葉。

絶えず探し続けられる言葉、ただいずれにせよ、この言葉は言語に属するものではない。

*

グレゴワール一三世は、グレゴリオ暦を制定した。イタリアとスペインでは、一五八二年一〇月四日木曜日の翌日は、一五日金曜日となった。

そのあいだの一〇日間は存在しなかったことになった。

過去から排除されたこれらの日々は往古《ジャディス》に似ている。

例えば、アビラの聖テレサは、存在しなかった日に亡くなった。

フランスでは一五八二年一二月九日の翌日は二〇日になった。

オランダでは一五八二年一二月一四日の翌日がクリスマスとなった。

イギリスは一八世紀まで待たなくてはならなかった。一七五二年九月二日の翌日は一四日とされた。

その時、暴動が巻き起こった。人々は街中で列をなし、時の中で消えた一一日間と、それに見合う給与を要求したのだった。

＊

人間の生涯において重要なのは死だけではない。人の死よりもずっと危険なのは、〈年〉の死である。マルヌ県のラ・ヌーヴィル＝オー＝ポンでは、「沈黙のブラシ」と呼ばれるものをもって外出する習慣があった。この沈黙のブラシで、人々は家の窓や女性の顔に泥をぬりたくり、それから、大麦や燕麦の藁をその上にふりかけるのだ。

年末には清めとなるものはすべて禁じられた。死者がでた家でそうしなくてはならないのと同様に。すべてが汚れる《ソルデイド》よう定められている。掃き掃除をすることも、暖炉の灰を取り除くことも、ゴミを捨てることも、銅製の調理道具を磨くことも、鏡を磨くことも、叫ぶことも、髭を剃ることも、歌うことも、口笛を吹くこともしてはならない。

集団の外に留まるために、汚物で身を覆っていなくてはならない。死の前浜に留まるため。一月や三月の外に留まるため。一年のはじまりの潮間帯に留まるため。神の死を認める大斎〔断食〕の外に留まるため。謝肉祭と四旬節が争う。

肥満と痩身が、生者と死者のように、殺し合う。

先史時代以来、赤と白は対立する。肉と骨、歓びと悲嘆が闘う。春と冬が対峙する。春と冬が殺し合う。勝つのは春でなくてはならない。

陳列台から神にささげる初物まで、まるでローマの押し黙った静物画のようだ。それは果物が盛られた皿《サトウラエ》だ。すべての季節の果実が混ざったサラダ。小説。削除された日以外にも、人間は休日を発案した。金曜日、土曜日、日曜日。さらに赤い日〔帳簿上の赤字の日〕という言葉も使っていた。

＊

赤とは紅潮から生じた色だ。男性器が膨らむとき、それを満たすのが赤だ。それは性の色。歓びを覆い、性的な恥じらいを覚える時の顔全体を満たす色だ。

それは生きた血の色だ。

それは女性の月経の色だ。

それは生きた獲物の致命傷の色だ。

性と死のプロセスの色であるため、赤は変身の色である。かつては供犠の特徴的な色でもあった。あらゆる供犠の行為は獲物を血のなかで切り分けた。数千年のあいだ赤は死者の色だった。孫たちの中に死者が蘇り、再び肉を備えるように、死者を掘り起こしたのちに、その骨を赤土色で塗っていたからだ。

赤は埋葬の色だ。赤は日常の色だ、赤色に覆われた太陽は地平線に沈み、少しずつ大地の明るさが消えていく。

＊

対象aもまた赤いのかもしれない。

21 聖《サン》バルテルミーの虐殺

聖《サン》バルテルミーの虐殺はルネサンス期ヨーロッパの端緒となった出来事であり、世界は引き裂かれた空間、束の間、仲間同士で殺し合う空間、バロックの空間になった。それは宗教が人々を恐怖に陥れた時期だ。

その日、「一面真っ赤に染まったセーヌ川」がパリを流れた。ミシェル・ド・モンテーニュの『エセー』にはこの日の記述は無い。彼のブーテル〔『ブーテルの歴史暦』は一家の出来事を永代日記ふうに記録できるようになっている書物でモンテーニュは日々の出来事をそこに記入した〕からもこの日の記述は削除されている。一五七二年の八月二四日にモンテーニュが何を考えていたかを知ることはできない。

Excidat illa dies ! 友人のミシェル・ド・ロピタルはそう叫んだ。(「この日が時間から削除されんことを！」)

22　祝福について

トゥールのグレゴリウスは『フランク史』を書いた。キルペリクは息子のメロヴィクスから武器をとりあげ、鉄の鎖をつけて牢獄に入れたのちに、メロヴィクスの頭を丸め、それ以後、フランク人としての全ての権力（性的あるいは社会的な権力）を無効にした。その後、聖職を無理矢理メロヴィクスに授与した。最後に、ル・マンにあるサン＝カレ修道院に送り、メロヴィクスを時代の舞台から遠ざけたのだ。

メロヴィクスの戦友ガイレヌスが、彼を修道院から逃すためにやってきた。彼はメロヴィクスをこっそりとトゥールまで連れ出した。トゥールの市中に到着するとすぐ、トゥールのグレゴリウスが司教を務めていた大聖堂へメロヴィクスは入れられた。グレゴリウスはその時、ミサを行っている最中だった。

二人はそこで待った。

ミサが終わると、メロヴィクス王子は司祭に近づき、名を名乗り、何はさておきまず祝福の辞を求めた。

司祭は答えた。

「いえ、王子。どんなお望みも、望みうるどんなことも私に求めていただいてよいですが、祝福の辞だけは言えません」
その日の終わり、トゥールのグレゴリウスはその要求に屈した。

*

かつてのフランク人にとって祝福とは何だったのか。それは一種の中間的なものである。神聖なものではない。俗なものでもない。フランク人にとって、それは明白《フラン》なもの。パン、塩、ワイン、衣服は祝福の対象となりうる。祝福された瞬間、これらのものはホスチア〔聖別用に用いられるパン〕と物との中間に位置する。言葉が投げかけられ、祝別されるのだ。祝別されたものは、背教者であっても破門者であっても触れることはできない。

グレゴリウスがメロヴィクスに送った祝福の言葉（メロヴィクスはルーアンで自分の叔父の未亡人だったブルンヒルド妃と結婚したが、メロヴィクスの髪は自分の父である王によって切られたばかりだった）は、メロヴィクスがいかなる罪も犯しておらず、フランスの王となることをなおも望めることを伝えるものだった。

すべてのフランク人の戦士はそれを次のように理解した。メロヴィクスが受け取った祝福の辞は激しい戦争の幕開けを告げる、と。

（最終的にメロヴィクスは真のサムライとして死んだ。彼はガイレヌスに自らの剣で自分の腹を切るよう頼んだのだ。）

23　内庭

中世の終わり、城から最初の壁と二番目の壁のあいだに、内庭と呼ばれる中間地帯が作られた。

グィネヴィア〔アーサー王の王妃〕が騎士ランスロットにはじめてその身を許したのは、サクソン岩の戦いの夜のことで、内庭で二人は結ばれた。

そこは敵と味方のあいだにある一種の自由地帯だ。

ひとつの空間――城壁のラインと牧草地《サルトウス》とを隔てる空間だ。

グィネヴィアは、夫である王の勢力圏の外に身を置いたが、同時に、領土を包囲する敵側に向かったわけではない。

あの非－場所ではグィネヴィアは王妃ではなかった、と言ってよいだろう。

*

ローマでは内庭はポメリウムと言われた。

ペルシャの楽園〔ペルシャ式庭園〕の場合と少し似ていて、この自由空間は人間ではないもののための空間である。

神道的な世界とも少し似ていて、この土地にはいかなる文学的・人間的活動も存在してはならない。

ローマでは、そこで性交を行えば——至高のものであっても——ポメリウムを汚すとされていた。

*

クレティアン・ド・トロワの小説に固有の内庭——そこでは恋人同士が互いにはじめて裸になる——に入るには沼地を通らなければならず、小川の水がその庭にぶつかっている。

王妃は庇のある小屋の下にいた。

ランスロットは女王を愛したのち、少しのあいだまどろんでいた。その時、王妃は裸のまま起き上がり、愛をかわしあった男の性器が王妃の性器に入っているあいだに湖の乙女の割れた盾が元通りになったかを確認しに行った。

彼女は暗がりのなか盾を探し、ひび割れが消えていることを発見した。盾に描かれた人物像のあいだのこの「空間」は消えていたのだ。人物像は元の姿に戻った。王妃は歓びで涙した。

グィネヴィア妃は歓びに泣きながら、愛人のもとへと帰った。王妃はランスロットを起こした。唇を彼の耳元に近づけ、盾に描かれた人物像は元に戻ったと伝えた。それから、二人は内庭のなかにある日陰へと帰っていった。

24　二〇〇〇年三月一九日のモンスにて

　私は石床に垂れ下がったパスカル・ティソンのドレスの裾の後ろをついていった。それから私たちは上の階へとあがった。ジャン゠ポール・デシーはドアの隅にチェロを置いた。私たちは壁に断片が散りばめられた部屋に入っていった。

　右手には、向こう側が見えないカウンターがある（木製で、開口部は塞がれ、回転式になっている）。かつてそこは、母親が修道女に委ねるために聖人像とともに自分の赤ん坊を捨てる場所だった。部屋の壁のうち三つには、破れた図像《イメージ》、横に裂かれた頭文字、残りの部分がなければ解読できない破れた文字が貼られている。

　残り一つの壁には、完成した図像《イメージ》、復元された頭文字、補完された文章が貼られている。

　それはギリシャ人が *symbola*〔象徴〕と呼んでいたものである。

　象徴はもともと割れた陶器の破片のことを指していた。破片同士がきっちりと嵌まれば、友人からの承認が得られ、取引を行った人間の協定が再び効力を持つことになる。

　部屋にあったのは「モンスの象徴」だ。

展示されている破れた図像のもう片方を合わせることができれば、母親は我が子を引き取ることができた。かつて、二つに破った図像の片方か文字の切れ端を識別できる唯一の徴として添え、まだ名もなく、うめき声をあげるだけで、身元証明もないままカウンターに捨てた我が子を。乳を飲ませることも、自分の声を聞かせることも奪ってしまった我が子を。

*

合わせて一つに復元されるもの（象徴）がある一方で、復元できないもの、ひとつに併合されないものがある。古代ギリシャ人はそれを *skybala*〔兎糞〕と読んだ。兎糞の世界は *es kunas ballein*（犬にくれてやるもの＝犬の前に投げ捨てるもの）を集めてできている。

過去の動物の糞、食事の残骸。

動物の糞の臭いが犬の鼻に届くように、臭いが人間のもとに届いても、糞の光景は目に見えない。

古代ギリシャ人の区分は旧石器時代を思わせる——肛門期の区分よりもさらにアルカイックなものだ——、というのも、*es kunas ballein*〔犬にくれてやるもの〕と *es korakas ballein*〔カラスにくれてやるもの〕を対立させる区分だからだ。一方では犬にくれてやるもの（糞、固形の食事の残骸、骨、肉の塊）がある。他方にはカラスにくれてやるもの（目玉、脳、軟組織、索状組織、後産、内臓、魂）がある。

旧石器時代の狩猟民（例えば竪穴の中のラスコーの狩猟民）において、*eskorakaballes*〔カラスにくれてやるもの〕は死者の姿で描かれたのに対し、*eskynaballes*〔犬にくれてやるもの〕はバイソンの姿で描かれた。

腐乱死体のほうが、肉食を真似るよりもずっと古い。

肉食動物の餌食となった腐肉の上空をハゲタカが飛びかう。それは狩猟が行われたことを示す徴となる。そこで、肉食となる以前の人間は方針を変え、犬となるずっと以前のハイエナやオオカミのように肉を食べることにしたにちがいない。

＊

つまり古代のギリシャ人たちは、人間的な分配に先立つ残骸の分配の存在を示したのだ。供犠に先立つ分配、さらに供犠そのものは、二項対立的な言語の分配に先立つ。この獲物の分配は、供犠に先立つものではあるものの、最初から序列化されている。相手を殺す猛禽が有無を言わさず捕食するもの、この狩猟の現場を上空から眺め、狩猟があったことを知らせる猛禽に与えられるもの、オオカミ、犬、ハイエナに与えられるもの、空腹のため上空に残った〈徴の残余〉に集うものたちよりもさらに遅い人間に与えられるもの。

ラスコーの洞窟の死んだ狩猟者は鳥の顔をしている。ところで、それは人間の手で殺された人間の顔を最初に図像化したものだ。

korax〔カラス〕という語はまず、曲がった嘴という意味である。古代ギリシャにおいてこの語はなお、槍や銛の柄《え》、扉のノッカー、商品を吊るす鉤を意味していた。有史時代には残骸に対する四つの配分が生じる。犬には糞が、カラスには脳が、神には煙が、人間には肉がその分け前となる。

＊

口唇期、肛門期、男根期という三つの区分は純粋に人間にとっての区分である。個体発生におけるもっとも猥雑《ソルディディシム》なものを発生順に示せば、乳首、糞便、男根となる。口、肛門、性器という身体の系列《セリー》は幼年期《インファンス》、少年期《プエル》、思春期《プベル》という時間の系列——死に先立つソナタ——に対応する。

*

物体《オブジェ》はかつてそれを眺めた人の眼差しをいくらか保存している、とプルーストは言った。

オーラが物体《オブジェ》を包む。個人的経験を儀礼化する過程で、物体は聖なるもののような役割を担う。物体はもはや交換可能ではなくなる。たとえそれが産業生産品であっても、その類似物と交換されることはない。供犠にささげられた人間、その頭部、その肌と同じだ。権威者が神秘を経験した物体《オブジェ》に触れ、それを私たちに見せてくれる。それが眼差しだ。眼差しは必ず私たちの肩越しに覗き込む。鏡はそれが見る〔＝映す〕もののために、廃棄されない。

物体《オブジェ》は悪魔となったのだ。

ジョルジュ・バタイユに衝撃を与えた拷問を受ける中国人の写真を撮影したカメラは、他のカメラとは異なる。ヴォルフガング・モーツァルトが弾いたプラハの大使館のピアノは、他のピアノとは異なる。そこでは隣接性が求められるのだ。死んだイエスの血は、百人隊長聖ロンギヌスの槍の柄の上を流れた。この赤い物質がロンギヌスの目に触れた時はじめて、彼は血を見たといえる。

トルテカ人、ケルト人、カルデア人あるいはプセルロス〔東ローマ帝国の政治家・哲学者〕によれば *onomata barbara*〔魔法の名前〕は同じ理由から翻訳できない。ヘブライ人は七〇人訳聖書〔ギリシャ語に翻訳された最古の旧約聖書〕のトーラー〔モーセ五書〕の翻訳を認めなかった、神が語った言語から離れたからだ。イスラム教徒は大預言者〔マホメット」のものではない書物を読むこと（読む行為がもたらす隣接関係）を認めなかった。

＊

物《ショーズ》——人工物や再生産可能な物体《オブジェ》ではない——は、魅惑された眼差しが到達できる聖なるものである。

聖なるものと汚れたものは、区分することはできない。血がそうだ。禁じられたもの、汚されたもの、目にされないもの、離れて置かれたものは区別されない。

＊

パルメニデスはソクラテスに尋ねた。

「体毛、泥、垢、もっとも猥雑《ソルディド》なものにも観念《イデア》はあるのか」

ソクラテスは答えた。

「そのことは私をずっと悩ませているのだ。卑しいものの観念を前に、途方にくれてしまう」

パルメニデスは答えた。

「それはお前が若くて、この世界にある物を評価しなくてはならないと考えているからだ。いつかお前の目にも、無価値な物であっても一つの形をもつに値するものだということがわかるだろう」

しかしソクラテスは女陰、子宮、ペニス、睾丸、糞、卑しいものも、自分がそこに見出したい美や善のような観念の国にあるのか、それ以上掘り下げて考えるべきではないと考えた。

カルヴァンは述べた。「私たちは自分が誕生する契機を名誉あるものだと言う機会がない。私たちはドレスの裾だけに、そしてヒールだけに泥をつけているわけではなく、短靴を履いているときも泥だらけだ。屋内の私たちは泥でしかない。屋外では汚物でしかない」

*

かつて人《ジャディス》は次のように言っていた。

「お前の泥はどこだ？」

唐突で、簡潔な言い方だが、その言葉は次のことを意味する。お前の国はどこだ。お前を作った両親は何者だ。どの地方でお前は日の目を見たのだ。

*

兼好法師は、「庭に荒れた片隅」をわざと残しておくという考えを持っていた。それは遠く離れた、未知の精霊の自尊心を傷つけないためだった。

荘子曰く、タオとは一匹の蟻、一握りの草、一枚の瓦、一塊の動物の糞である。

マルクス・アウレリウスは次のように書き記している。「風呂は身を清めてくれる。油分、汗、垢、ねばついた水、あらゆる嫌悪感を催させるものなど。あらゆる生活がそこで洗い流される」

プルタルコスは汚れたものと衰えた生物、衰えた生物と年老いた人間とを分けた。

彼は言った、耕作に適さない牛を、ぼろぼろになった靴のように捨ててはならない。

年老いた猟犬を、年老いたただの奴隷か壊れた用具のごとく捨てるのは良くない。

老人たちは、いつもどおりの生活のまま、家のなかで庇護されなくてはならない。彷徨して、道に迷い、遠く離れた場所や田舎の溝で死ぬことがないようにしなくてはならない。

25　クロリンダが言った言葉

タンクレーディ〔クロリンダとともに、一六世紀のイタリアの詩人トルクァート・タッソの叙事詩『解放されたエルサレム』に登場する人物〕は森の中の立札を読んだ。「生者は決して死者と戦ってはならない」。彼は座った。この言葉の意味を考えているとき、タンクレーディは周囲の木々の間から叫び声のようなものを聞いた。彼は恐怖にとらわれた。

彼は立ち上がった。剣を抜いた。

再び奇妙な叫び声が目の前の木から聞こえてきた。その木は糸杉だった。タンクレーディは糸杉を激しく叩いた。

彼の手は流血した。

その木から声が聞こえてきて、その声ははっきり聞き取れるようになった。

「私はかつてクロリンダだった。タンクレーディ、あなたはなおも私を傷つけるのですね。あなたは私を女の体から追い出した。精気のない住処であっても、あなたを歓ばせるために活気づけていた女の体から。私の糸杉の樹皮とこの陰とを拒むのですね。生者であるタンクレーディ、あなたは生きていたときの女の私を大切にしなかった。死んだ後の私も大切にはしてくれない」

26（贈り物と願いごとについて）

Strenae〔新年の贈り物〕はサビニ語の古い言葉。ストエニウス曰く、この小さな贈り物は新年の良き前兆を意味する。つまりそれは、日々を新たなものへと引き寄せ、時間の後退と冬の反復を避けるために、小さな贈り物の力を借りて、時間の新たな開始を試みる供犠のことをさす。なぜなら、一年とは、死んでしまう一匹の動物のことだからだ。木を触ったり、指を交差させながら行う願いごとはいつも同じ内容だ。神は起源の贈り物である。その後に生じるさまざまな贈り物に起源の力を取り戻させてしまう。それはお返しが求められる贈与である。人は木を通して、植物の往古《ジャディス》とつながる。交差させた指を通して、絆そのものとつながる。宗教は何よりも紐帯を生み出し、その後になってはじめて「神々」を創出するのだ――神々自身よりもさらに強い贈与が紐帯を強いるのだ。それは幸運の定義でもある。幸運とは、宗教的な秘儀の力に翻弄され、あの後押しされる力を受けて必然的に落下するものをさす。新しい時間を開始することは、果実をねだることの反対であり、さまざまな瞬間を落穂のように集めることの反対であり、塵を集めることの反対である。新しい時間を開始することは、時間を楽園に委ねることを意味する。それは血を流す人に赤いブーケをプレゼントすることである。一年を生きる動物の顔を、

源泉の水の流れに再び近づけることである。

＊

年初の贈り物《エトレンヌ》は、待降節《アドベント》〔キリストの降誕を待ち望むクリスマス前の四週間の期間で、教会における一年のはじまりにあたる〕の贈り物とも呼ばれた。待降節という語は何かを描写するための語ではなく、エネルギーに関係する語である。*Adventus* とは活動的なもので、到来させるもの、一年を押し進めるもの、新芽をもたらすものを意味する。

＊

中世の、ブルボネ地方の街路では、自分の屋台を開いていた商人は、最初の客に揃ってこう言ったものだった。

「最初に購入してくれた《エトレンヌ》私のお客さまの手に神の祝福あれ！」

＊

ルチアは対象aを配る聖人である。ロバにまたがった聖ルチア〔拷問で目をえぐられたがそれでも見ることのできたと伝えられる聖女〕は、手にはナプキンか皿をもち、その上に自分の両目を添えて、カタロニアの村々を回った。藁葺の家の前で必ず立ちどまり、ロバから降りて各家庭を訪問し、小娘たちによく見える自分の両目（粘性の野生のクルミ、ハシバミ、ベリー）をあげたものだった。

フランスのオルレアネ地方では、赤い小さな袋をつけた踊りがあり、それは一種のメヌエットで、そのあいだ、花嫁の母親の破れた袋から、炒ったハシバミやドラジエ〔出産や結婚の祝いに贈る糖衣で包んだアーモンド〕が――まるで偶然であるかのように――次々と落ちるのだ。ペチコートについたその穴のあいた小袋の中身が空になると、踊りは中断する。この厳格な決まりが示しているのは、花嫁の母親が集団の中で、子作りに関してもう道を譲ったということだ。

＊

ミュール＝ド＝ソローニュでは、さらに痛ましいことに、末の子供が結婚する場合、花嫁の母親が「襤褸を引きずって歩く」。母親の背中に大量の襤褸切れがひっかけられる。人々が愛想良くひっかけているのは死装束だ。そうすることで、花嫁の女性を母親にし、そして母親をあの世へと追い払うのだ。

＊

インド産のパジャマは不織のコットン生地でできている。そのパジャマはマルセイユ石鹸の匂いがして、ウエスト部分には見事な細紐がついていた――その紐は折り返した生地の下に隠れており、探しても探しても見つからず、数夜、時には数年、一生かかることもある。

私の友人のうち、かなりの人が自分の紐を探し続けている（あるいは待ち続けている）。

27　俳句と公案

俳句と公案もまた、二つの世界の中間に位置する事物の部類に属する。日本人は過去と現在を一致させようと試みる。それは彼らの信心だ。あらゆる思い出は再び現実の知覚になるはずだ。思い出された経験の全体を凝縮したひとつの細部が季節に結びつけられる。日本では記憶のなかの事物は時間の種子の形に縮減される。

＊

キュニコス派のディオゲネスの公案は、雄鶏を捕まえる、というものだ。彼は雄鶏の羽をむしった。雄鶏が裸になると、彼はその雄鶏を公衆の前に投げ捨てて、こう言った。「これがプラトンの言うところの人間だ」

ある日ディオゲネスはアテネの民に向かって叫んだ。

「おい、人間ども！」

皆が集まって人だかりができた。彼は棒切れを振り上げ、皆をたたいた。彼は言った。

「私は人間を呼んだのであって、屑を呼んだのではない」

このアテネの公案には、仏教の警策〔坐禅のとき、修行者の肩ないし背中を打つための棒〕すら表現されている。

*

アルブキウスのもっとも猥雑な《ソルディディシム》ものに対するディオゲネスの屑。
ディオゲネスの昼食となるニシン、
自分の手で飲む方がましだと思った役に立たない小鉢、
イチジクの実、
フダンソウの葉、
犬（*es kunas*）、
毛をむしられた雄鶏（*es korakas*）。

*

28　（盲点と物体《オブジェ》の影）

プランケット夫人〔ニュージーランド総督夫人〕は、グランドピアノの脚にモスリンを履かせていた。

干潮時、潮間帯の前浜は海を喚起する。海が粉砕したもの、流したもの、侵食したもの、混ぜ合わせたものを見せつけながら。

私と公がもはや対立せず、社会保障への加入も電話も住所もなくなれば、私的生活はもはや存在せず、秘められた生となる。

回復できなかったはずの病を生き延びることは、時間から免れた時間である。贅沢な時間。それは海にまで広がった場所。

それこそ、おそらくは楽園というものなのだろう。

Der Schatten des Objekts fiel so auf das Ich. その物体《オブジェ》の影が私の上へとのびていた。マゾヒストたちの戯れにおいて、身体は屑となる。萎れ、破損し、鞭打たれ、蔑視され、消滅した、失われた物体《オブジェ》は絶えず再生する。

パウロ曰く、我ら人間は、世界のごみ（*purgamenta mundi*）となってしまった。神をおとしめたのは、茨の冠、涙、裸体、腰巻、百人隊長の槍の一つき、腫れ上がった汚れた肉体だ。

*

secerno が脇にのけておくことを意味していたのに対して、*secretus* は隔離されたものを示した。社会的なものとして集められたもの（眼差しに残り続けたもの、日の光の中で輝きを放つもの）からの隔離は、動物の裸、子宮の薄暗がり、時間の往古《ジャディス》の「側《がわ》」にあるものすべてを示している。もはや社会の一部であることを望まなければ、神話は退く。魂はその盲点に——自らを導く不在の星にとどまる。魂は最初に家族という麻酔から目覚めることになる。そのあとで社会的馴致から身をかわす。魂は自ら瞑想に入り、水が海へと向かうごとく集団と一体化することをやめるため、個となった身体はもはやアブラハムの手の中に、あるいは——さらに悪い場合——集団全体の利益と引きかえにもたらされた退行的なまやかし《ルアー》の中に、個人の犠牲を認めることはない。

体系《ラング》としての国語から言語活動《ランガージュ》を奪い取れ。

私たちはもはや全体の一部ではない——瑣末なものの象徴でもない。私たちは単に、性をもった存在へと、死にゆく、未完成の、引き裂かれた、恍惚の存在へと戻るのだ。

経験とは、滅びに晒されること。

経験者であることは、絶えず、収束のない衝突を続けることを意味する。

全体ではなく、神でもない、不完全な喪失物は、胸を引き裂く悲痛なものの個別の産物である。

ラテン語では熟練〔expert〕とは傷ついたものを意味する。それは傷の住処だ。数々の開いた傷。

煙が木の枝々を「探索する」。

欠けているイメージ、目に見えないもの、観察できないもの、画面外、余白、盲点、視覚外が起源をなす。

魂のなかにあるこの黒い部分は、思考によって作られたものではまったくない。

それは夢のなかの暗い壁。

＊

この穴、この内庭、この性別化、この不完全さが、あらゆる可能な活動領域を侵食する。何かよくわからないがなくてはならないもの、失われた、名前のない、修復不可能なものが、あらゆる使命の中を彷徨っている。すべての岐路で種を撒け。深淵に再び飛び込め。より穏やかにではあるが、この形ならざるものは、あらゆる瞑想や読書の中だけでなくあらゆる期待の中でも、待ち構えている。この馴致できないものは、いつもすぐに解放され、神クピードーのように、プシューケーの手から離れ、突如として飛び立つのだ。

驚きとともに私は気づいた。把握できないものが、身体の老化や魂の退化とはなんの関係もなく、人生が進むにつれ、うずうずと動き出すことに。

＊

silence〔沈黙〕は *sileo* から派生した。*sileo* という語は音のない状態を第一義にもつわけではない。この語は不動性、運動の欠如、目に見えないもの、不在の星、明かりのない夜を示す。

silentes とは死者である。

ガリア人が現れた時に沈黙したローマ人の姿は、何よりもまずセノネス族〔ガリア人の部族〕の中に、彼らが服従させようとしていた人民に対する最大限の敬意を引き起こした。セノネス族は、石像のように不動のままとどまることのできたローマ人に神々しい人間の姿を見た。この場合の《silence》は、元来の意味〔＝不動性〕に結びつけられるべきである。

寡黙よりもむしろ無生命を意味する。

動詞 *taceo*〔黙る〕のほうが *sileo* よりもフランス語の silence に近い。

したがって、*tacitum* のほうが *secretus* という語よりも secret〔秘密〕の意味を含んでいる。

本来、secret という語は集団から隔離されたものを意味していなかったのだろう。secret は盲点の存在を認めることから生じることになる。それは、言語活動そのものを前にして語られなかったものだ。

集団には打ち明けられない知恵。

「黙りなさい、ルクレティア！」タルクィニウスはルクレティアに言った。

黙した生。

秘密とは語られないもの、言語活動から離れたもの、だが同時に、そのために、言語活動から離れたところにあるすべてのものを言語活動のほうへと引き寄せるものだ。沈黙とは、言語活動の産物、言語活動に抵抗してさまざまなものを引き寄せながら、磁力の役割を果たすのだ。沈黙とは、言語活動が引き寄せて従属させることのできないものをすべて磁化する。

それゆえ、言語化されなかったものは沈黙へと捧げられたのだ。

ローマ人は性交の場面、静物、供述、〈夜〉を描いた。

彼らは〈トンボー〔死者の思い出のために書かれた音楽作品〕〉、〈レクイエム〉、〈ラメント〔死者への哀悼曲〕〉、〈テネブレ〉を作曲した。

＊

taceo はローマでは、私たちにとって明確に異なる二つの概念を関連づける語である。*infans*〔言葉を話せぬ幼児〕と *infandus*〔語れないこと〕。話す能力がないこと、話してはならない事柄、二つが一緒になって寡黙〔taciturne〕を構成していた。

taci-turnus〔寡黙なもの〕と silence〔沈黙〕の関係は、*noc-turnus*〔夜行性〕と nuit〔夜〕の関係と等しい。*noc-turnus* には例えばフクロウがいる。

taci-turnus には、例えば作家があげられる。

だが、フクロウと作家だけではない。自白に至らない犯罪者もそうだ。あるいは身を隠す愛人たちも。画家、愛人、犯罪者は寡黙と夜行性を結びつけることができる。夢想家もそうだ。だが作家は違う——活動しているときは寡黙であることが求められるが、寡黙である以上、夜であることは問題ではない。

29　魔女ジャンヌの火あぶりの報告

身につけていたドレスが完全に燃え尽きたのち、人々がもう疑いをもつことなく、彼女が秘密とともにすっかり曝け出される状態になるよう、燃えさかる火は後ろに引っ込められた。このままの光景で時間が経過した後、処刑人は再び、その死体の下に火を置いた。すべて焼き尽くされた後に残った小さな血まみれの塊を処刑人は鞄の中に詰めて、セーヌ川に捨てた。大ブリテンと小ブリテン、つまりイギリスとフランスとを隔てる海へと通じるセーヌ川に。

30　トゥーレ・ド・ネ

フランスでは寒い時に目元につける小さなヴェールをトゥーレ・ド・ネと呼んでいた。それは後にルー〔仮装舞踏会で用いる黒の半仮面〕となる。フランスの宮廷では、イギリスの宮廷同様、当時、仮面劇《マスク》と呼ばれていた祝宴よりも以前にトゥーレ・ド・ネを身につけていた。

＊

未亡人である女性は、夜にしか愛することができなかった。暗闇の中ですら、未亡人は、トゥーレ・ド・ネで隠した顔しか人には見せられなかった。フランソワ・ド・ヴィヴォンヌはそのような女性を愛した。彼は相手の女性が誰なのかを知らなかっただけでなく、女性のほうも彼に言葉をかけることは決してなかった。

二人は窓のない衣装部屋で落ち合い、長い時間、お互いの身体に触れ合い、お互いの服を脱がせ、言葉をかわすことなく抱き合った。

女性の口を覆うヴェールは歓びの声を歪めた。

女性は何度も絶頂に達し、男のショース〔中世に主に男性がはいていたタイツのような脚衣〕が濡れるほどだった。それでも、ド・ヴィヴォンヌ氏はその女性との性交を好んだ。彼は幸福だった。飽きることなどなかったのだ。彼は毎回、女性が頻繁に絶頂に達することと、性交の激しさに驚いた。彼は思った。「この女は私に欲望をぶちまけている。もしかすると、ものすごく醜いのかもしれない。夜の闇に姿を隠すこの后妃がどんな人物なのか、その姿を見なくては」

ある晩、いつもの暗い小部屋で落ち合い、抱擁している時、彼は女の肩、ドレスのビロードの部分に白亜で印をつけておいた。それから、ダンスホールの入り口で、扉の後ろに身を隠し、ナヴァル王妃の取り巻きの高位の夫人たちが通るのを眺めた。

彼は夫人たちが列をなして歩くのをいわば背後から見ていたのだ。

ドレスの肩の部分に白亜の印がついた、未亡人の黒い美しいドレスを見つけた。すぐにその女性が誰かがわかった。それはド・トゥールノン夫人だった。ド・トゥールノン夫人は、王妃の取り巻きの高位の夫人たちの中でもっとも禁欲的で敬虔な人だと思われていた。彼女はとても美しかった。彼女をじっと見ると、実際よりも痩せているように見えた。彼女は決して微笑むことはなかった。言わば、決して口元を緩めることはなかったのだ。彼は彼女のもとに赴き、一緒に踊るよう求めた。

「お心遣い大変ありがとうございます。しかし私は踊るのが好きではございません」。女は彼のほうを見向きもせず、冷たく答えた。

彼は幾分あからさまに要求を続けた。女は仕方なく受けいれたが、変わらず無表情だった。それから彼は踊りながら女に言った。

「あなたは、さきほど小屋で私が抱いた女性ですね。見分けがつくように肩に印をつけておいたのです」

「違います」ド・トゥールノン夫人は答えた。

「あなたはまだ濡れているはずです」

「違います」

それから彼は踊るのやめ、たちどまった。

「私のショースに触れてください、ご夫人。ショースを濡らした快感がどこから生まれたものか教えてくださいますか」

大胆にも彼はそう言った。それから彼は臆面もなく女の手をとってそれを女の下腹部に持っていこうとした。しかし、女が突然、背を向けたために、かなわなかった。

女は部屋の窓のひとつへと向かった。

むっつりとした表情だった。

彼は女の後を追って窓辺までやってきた。事実を認めるよう女をせきたてた。

ブラントームは次のように書いている。「夫人はすべてを、自らの至福や魂の苦悩までも繰り返し否定した。それが、人から反論され、たとえそれが真実であってもそれを知られたくない場合のご夫人たちの慣習的なやり口だからだ」

彼はその女との性交も夜もたちまち失ってしまった。

＊

ド・トゥールノン夫人は、シャティヨン＝コリニー領主家のジャック二世の未亡人で、ブランシュという名前だった。彼女は黙っていることにより魅力を感じるデュ・ベレー枢機卿の隠れた妻となった。彼らは最後まで黙り続けた。フランソワ・ド・ヴィヴォンヌは性的な快楽を味わおうとしたのだった。彼は「夜行性の女ブランシュ」に出会った。この名前はまるで空に浮かぶ月のように響いた。ブラントームが使った乱暴な表現を用いるなら、「彼はろうそくを手に入れたが肉を失ったのだ」。

31　地に捨てられた鐘

フィレンツェ市内には二つの闖入物〔intrus〕が、一つの目に見えない往古《ジャディス》を覆い隠している。異教の神の裸の石像（大理石のネットゥーノ〔ネプチューン〕）が、焼き殺された敬虔な宗教家（灰のサヴォナローラ〔一五世紀のドミニコ会修道士〕）を隠している。一人の人間が火刑によって灰になったことを隠す大理石、それは真のオブジェ〔objet＝前に投げ捨てられたもの〕だ。個人の身体と異なる身体のあいだに築かれたものが幕《スクリーン》になっている。

二番目のオブジェは、文字通り眼前で地に落ちたもの。地面に投げられ――〈投げた〉まま捨てられ、前に放り出され、棄却された、おぞましいもの、呪われたもの。それは鐘だ〔ピアニョーナの鐘〕。木の部分は黒色と赤色をしている。引きちぎられたその鐘は、サン・マルコ修道院の扉のちょうど前（ob）の地面に直接、置かれている。

それは暴力を求めた鐘だ。その鐘は責任をとらされた。

どんな鐘も祝別されており、鐘にはそれぞれ名前がつけられ、人間とみなされていたため、教会裁判所あるいは民事裁判所によって裁かれることができた。

響きを奪われ、地面の上で、死に絶えた鐘。

その鐘は教会の外にあるが、修道院の中に置かれている。教会と修道院との結節点であり、両者を隔てるちょうど敷居の上にあるのだ。

それは内庭だ。

その鐘はさらし首のようにさらされており、赤色の縁取りされた木の部分は、毎年、年初に修道士たちによって塗り直される。

32　能の薪《たきぎ》

Introite nam et hic dii sunt. どうぞお入りなさい、ここにも神々はいるのだから。切った丸太は能の薪と呼ばれていた。一番の年長者がカップに入れた少量の赤ワインと塩を能の薪の上に注いだ。カップは木製のもので、ワインやスープを飲むため、父から息子へと受け継がれたものだった。クリスマスのための切った丸太は燃えさかっていた。

＊

カップは使い古される。人生もすり減る。思考もすり減る。身体もすり減る。往古《ジャデイス》は違う。往古がもつ宝は使い切られることはない。それはただ与え、贈り、爆発する。その恵みがどれほど断片的で火山のようであっても、その恵みがもたらす熱傷が和らぐことはない。預言者イザヤは、自分の口には未来ではなく、灼熱の炭火があるのだ、と言った。神は言った、〈言語《ラング》＝舌〉とは熾火だと。

＊

たばこの葉は「人里植物〔農地以外の人間生活にかかわりの深い場所に生える植物〕」とみなされていた。それは瓦礫の中に生えてくるものだった。春に咲くたばこの花は血のように赤かった。背丈は人間の高さにまで伸びる植物だった。

一四九二年、クリストファー・コロンブスは、口に燃える小さな薪をくわえた男女を見た、と書いている。

紙巻きたばこはルイ一四世治下で現れた。

33　ノーマンズ・ランド

ローマ人が辺境地帯《リメス》と呼んでいたものは、正確には「ライオンが出現する立入り禁止の場所に沿った道」のことを意味していた。

Hic sunt leones.〔ここにライオンがいます。〕*Hic sunt elephantes.*〔ここに象がいます。〕ここにはセイレーンがいて、岬があります。ここには鷲がいます、洞窟が、深淵があります、猛獣が、野生動物が、食人種が、巨人がいます。

＊

境界となる地が外縁あるいは前浜を決定する、そこから、北米を征服するときにイギリス人がノーマンズ・ランドと呼んでいた場所が広がる。人間のいない土地、人間がもはや追いかけてこない場所、獣たちが、それを狩る人間と競い合う土地、獣たちが人間に許した自然の空間。

このノーマンズ・ランドは野生が文明と競い合う土地である。

生来の〈ここ〉が世界という〈あちら〉と自然をめぐって競い合う。
辺境地帯《リメス》の向こうに牧草地《サルトウス》があらわれる。

＊

昔の日本人は、悲劇的な出来事が起こった場所を恐れていた。墓地、国境、城門、境界地、川岸、時間の推移、月の変化、季節の移り変わり、年の変遷は彼らが殺気と呼んだ奇妙なオーラで包まれていた。演者である巫者《シャーマン》が歌いながら、そうした場所あるいは時代に対して悪魔祓いを行う。巫者たちは村のはずれに、お祓いをした悪、死者、雰囲気を運んだのだ。そこから、鼓を用いた芝居——すべては境界地で行われる——が作り出された。それが能だ。

＊

日々、潮の満ち引きによって繰り返しあらわれる空間——いわば、ある空間内に生まれる余白《スペース》——は二重の空間である。

前浜は、くりかえし波が打ち寄せる湿地帯であるのに対して、満潮時と干潮時のあいだに作られる——それ自体、一時的な——空間が潮間帯である。

別の言い方をすれば、潮間帯とは——〈海〉という動物が洗い流し、そして再び持ち帰るものの——「最大の前浜」である。

シャーマンのキュペールルシマン〔グリーンランド出身で著書に『エスキモーの過去』がある〕曰く、イッカク〔北極圏に生息する角をもった鯨の一種〕が狩猟者の魂を奪わないよう、その肉はすぐに食べてはならない。イッカクの肉は潮間帯で細かく切り分けられていた。その肉を食することができるのは、肉片をもって波が寄せる場所を離れたあとだ。そうすると狩猟者は死ななかった。イッカクは狩猟者を恨むことはなかった。海は何も知らないままに飲み込んでいた。捕食動物が捕食の対象になり、獲物にされてしまうことはなかった。

*

北欧では干潮時にあらわれる巨大な泥土の広がりをスリッケ〔潟泥〕と呼ぶ。

塩沼とは、塩分を含み溝がたくさん刻まれた土地で、シオン、アッケシソウ、ラベンダーが生息し、波が強いときに限って、水に浸かる。

四億二千万年前、波がうちつけ、潮の干満によって繰り返し露わになったり水に浸されたりする小さな空間の何もない土地に生命が打ちあがった。藻、軟体動物、ウミサソリ、苔、細枝、根、ミミズ、シダ、キノコ、ムカデ、蜘蛛、四足類は、満潮時と満潮時の合間に、大気中の生活に少しずつ慣れていった。

ある時、ひれの筋が浮かび上がり指の形になった。

ホメロスは『イリアス』第一五歌の三六一行目で次のように述べている。*ôs ote tis psamathon pais agchi thalassès*… 「海辺で戯れる子供が、砂で作ったものを足で一挙に崩し、手の甲で地面に投げつけるように……」

＊

イエスが昇天した場所を敷石で覆うことはできなかったし、金で覆うこともかなわなかった。

34　(帰還なき彷徨)

失われた場所。失われた物体《オブジェ》。失われた海。失われた都市。永遠の彷徨。
ダンテが少しずつ流れに乗っていったように。
帆のない船、目的もなく、雲の下には星もない
そんな船が言語の夜のなかを見えないまま進んでゆく。
言語の夜のなかですら、その夜に先立つ夜の思い出の中しか進むことのできない人間たち。
どんな人間も、言語の夜がはじまる前の夜のことを覚えているからだ、
失った魚たち、失った水、失った熱、失った暗がり。
舵を取っているのは一人の、あるいは二人の、あるいは三人の
王ではない
折り重なり、腹部を剥き出しにした
死んだ操縦士たちの群れ。
時間の経過とともに続くものたちがついて来られるよう、彼らは皆、腹部を剥き出しにしているのだ。

それは、デッキの上で、分かち難く絡み合い重なり合った無数の裸になった世界、
読み、愛し、書き、語り、彷徨い、
風景に、光に、水の流れに、影に不安を覚えながら、
剥き出しの両足を広げ、いつも剥き出しの両足を広げ、太腿も、尻もあらわにし、欲望に駆られ、衰弱し、古い匂い、古い宝を
発見する。

35 （ローラン）

ローラン〔フランスの装飾家ローラン・マエロのことだと思われる〕は『舞台装飾に関する回想録』の二八頁に次のように記述している。ラシーヌ氏の『訴訟狂』の上演には、二つの家、地下室の窓、揚戸、梯子、燭台、代用貨幣《ジュトン》、棒、去勢鶏の首と脚、肘掛け椅子、ドレス、バスケットに入れた子犬たち、枕、筆記用具入れ、紙が必要だ。

36　緑のケープ

彼はヴェネツィアからやってきた。

アンコーナへ通じる道へ向かおうとしていた時、ダンテは渡し船の上で最初の発熱に見舞われた。

ある同行者がダンテの肩に「緑のケープ」をかけた。

午後になると再び船に乗らなくてはならなかった。

彼らはラグーンを渡った。ダンテは座り、ケープの上で両手を握り合わせ、ケープにくるまって、「船が進んでいく中、水面に残る白黒の大きな航跡」を眺めていた。

翌日、目が覚めたときには歩く力も残っていなかった。雌ラバの背に乗り、ロレートに到着した。

夜、暗い影の中に残り続けていた激しい熱さにもかかわらず、ダンテは震えていた。彼はホットワインをお椀一杯飲みたがった。二杯目も飲んだ。それから眠りについた。

明け方、彼はポー川のデルタ地帯を、三辺に黒い手すりをつけて保護された筏に乗って渡った。横断中、昇る太陽の光が強くなったので、彼はケープを顔にかけた。

それから、ダンテを荷車に乗せなくてはならなかった。ポンポーザ修道院を目指してマレンマ（トスカーナの海岸沼地〕を渡っていたところ、はじめてダンテは話すことが難しくなった。修道院で夜を過ごす頃には、発熱で身体が震えていた。

翌日（まるでランスロットのように、前日と同様、荷車に乗せられていた）、彼はコマッキオのラグーンとアドリア海のあいだにある砂の前浜を横断した。前浜を越えて、さらに四、五キロにわたって広がる松林を通らなくてはならず、ダンテは徒歩での横断を望んだ。荷馬車引きは彼を地面へと降ろした。彼はよろめきながら歩いた。寒気と突然の発熱によって小刻みに震えていた。

ダンテは宿に到着した。宿屋の主人には、松林の影を歩いて来れたことがとても嬉しかった、と語った。

その時から、それまでの暑さが柔らいでいった。

ダンテは周囲の人々に、木々の葉が黄色に色づきはじめたことを伝えた。確かに、その日は九月の初日だったのだ。彼は自分が言いたい言葉を明確に発音することが難しかった。

一日中、彼は敷藁の上に座ったままだった。もう震えてはいなかった。もう話すこともなかった。顔全体が水で濡れていた。夜が来ても変わらず敷藁に座り、緑のケープを身にまとって、黙ったまま、黄色くなったヤナギの小さな葉を切って細長い紐を作りはじめた。

37　マラエ

急いで進む時間の中に投げられた残余がある。レイマ〔*leimma*〕、すなわち航跡が、時間の遂行に加えられる時間があるのだ。跳ね返り、反響、染色、収穫、幼年期、余波。余波はいつも一つの世界を生み出すが、勢いを増すとその世界は消えてしまう。

死んだ言語は世界の残余である。

それはまた、力強く反響する沈黙でもある。

残余とは破壊を生き延びたものを指す。残余は全体のなかの他者、それは非－全体である。

残り続けるものは、古代ギリシャ人がプシュケーと名づけた亡霊の仲間である。

私は「世界の非－全体」に近づく。

言語活動の影。

芸術とは、集団が個人の習慣の特異性を迫害しないよう、集団に対して示す証し以上のものである。

暗い母に支払われる報酬以上のものである。あれこれ食い散らかしたり、吠えたりしないよう獣の前に投げ込まれた肉片以上のものである。ハンナ・アーレントは芸術を残存物として定義した。それはつまり退廃するものの拒絶であり、拒絶された死との関係であり、死に対する残存物である。

*

人間は隠し場所として痕跡を残す生き物である。

鹿やカエルと比べると人間は何を残すだろうか。墓、寺院、家の壁、フレスコ画、国境の壁、書物、廃墟。

沈黙の場所あるいは天の沈黙を地上へと引き寄せる場所。

大聖堂、礼拝堂は閉じ込めた沈黙を囲う場所だ。

愛は身体を沈黙のほうへと引き寄せる、隅へ、片隅へ、角へ、よろい戸が閉められた部屋へ、ブラインドを降ろした部屋へ、カーテンを閉めた部屋へ。

*

タヒチのマラエ〔ポリネシア社会での共有地・聖地〕は自由な沈黙の場所だった。

祖先の骨を飾った家に特徴的な「死の沈黙」というものがあった。

除草、拭き掃除、掃き掃除、擦り取り掃除は、死者の頭部の解体と皮の裏打ち作業と同様、西から東へ向けて行われる。

頭蓋骨がなければ、石か木で人物像が作られる。その人物像はティイ（ティキ）と呼ばれる。それは「探しに行くこと」を意味する。台座は探している（鳥を、息吹を、名を、魂を）。

アイスランドのサーガに登場するヘル〔Hel、死者の国を支配する女神〕は、隠された場所を意味する（英語では *hell*、ドイツ語では *hölle*）。穴は英語で *hole* という。ドイツ語では *Höhle* だ。*Hehlen* は隠すを意味する。

いずれも隠れたものに呼びかける〔hêler〕ことが問題なのだ。

*

昔の日本人は、高揚の感覚、興奮、予期せぬ気持ちの高まり、思いがけぬ恍惚感を、「優曇華《うどんげ》の花待ち得たる心地」と呼んでいた。優曇華とは三千年に一度花が咲くと言われている架空の植物である。三千年に一度、山道を歩く人が、池の縁に沿って歩く人が、未踏のやぶの中を進む人が優曇華の花が開くのを見つけることはありえるが、しかし必ずしも人が見るわけではない。

世阿弥はその伝書の中で、人を感動させる花は珍しいものではない、と語っている。

彼は次のように注釈している。なぜなら珍しいことをしようとして珍しいことをすることは、珍しくないからだ。新しさがあることが習わしだが、古きもの《ジャディス》が現れると、社会が言う意味での新しさをまったく持つことなく、珍しさが生じる。例えばそれは思考の筋道が絶たれる点だ。言語活動は突然止まるが、驚異的な残存物が引き寄せられる。言葉にできないことはなおも言語活動であり、それは反響として鳴り響く短絡《ショート》した言語活動である。言語活動のあとに続く、この沈黙の前浜は、小舟のあとに続く航跡と同様、驚異的な「残存物」である。

この時、師は幸福に満たされる。

仏教の教えは、日本人の仏教信仰のなかで、驚くほど聖性を失ってしまった。

「仏陀の名を口にしたならば、口を洗いなさい！」

また、公案には次のようにある。

「黙り続けてはならないが、くれぐれも話だけはしてはならない！」

しかしこの矛盾した命令に従うことは可能だ。

口述と沈黙のあいだの前浜としての書物がその答えだ。

書物とは、経験の両極端な二つの次元——生まれる前の生と死ぬ前の生——のあいだの潮間帯のようなものだ。

38（中国の皇帝）

菩提達磨は中国にたどり着いたとき、皇帝と面会した。皇帝は菩提達磨に言った。

「私は数多くの寺院を建立させました。何千という僧侶を集め、あらゆる書物を書き写させ、あらゆる絵画に新たに色を塗らせ、巨大な人物像を彫刻させました。私は数多くの功績を残してきたと思います」

菩提達磨は答えた。

「まったくそんなことはない」

皇帝は尋ねた。

「仏教の本質とは何ですか」

菩提達磨は答えた。

「何もない」

皇帝は再び尋ねた。

「聖なるものとは何ですか」

菩提達磨は答えた。

「聖なるものはない」

中国の皇帝はその時、わずかにいらだち、叫んだ。

「では、私の前にいらっしゃるのは誰なのですか」

菩提達磨は答えた。

「知らぬ」

39（道路上の奇妙なポケット）

普段乗っているのと同じ小さな車で高速道路を走っていて、トラックを追い越そうとした時、ちょうど追い越すタイミングで車線変更しようとしたら——海沿いを走っていた車に西風が吹きつけたのか、あるいは高原に単なる突風が吹いたのか——突然、大きな風が生まれた。

私たちは奇妙なポケットの中に投げ出された。

場所そのものの中に空隙が生じたようだった。

奇妙なモフェッタ。

それから車は乱暴に元の車道に戻されたので、運転手は力を入れてハンドルを握っていなくてはならなかった。

空間が裂け、奇妙な泡が生まれ、生まれるや否やすぐにはじけたのだ。私たちはスピードをあげてそこから離れた。息を吸い込んでふくれた腹から脱出するようにして。

息を吸い込んだ窪みから脱出するように。

それは前浜だ。

それは内庭だ。

それこそ、自分が書く本のなかで示したいことなのだ。

あらゆる書物があのポケットなのだ。

＊

誰もその不可視の顔を見たことがない先立つ存在。

お前は〈存在〉よりもなお広大で、〈存在〉を食い尽くすものだ。

ああ、お前自身は通過することはなく、通過するものの通過を可能にしているのがお前だ。

お前は、到来するものを到来させる。

お前は、現実を現にそこにあらしめる。

お前はもっともはかなく、もっとも執拗に残り続ける。

40　物とは何か

時間のなかの物《シヨーズ》とは何か？

失われたものだ。

*

物体《オブジエ》はない。世界はない。大地と現実のあいだには時間の切れ端と物を見分け、世界を形成する言語の切れ端がある。ところで、（生殖能力に関して衰退した）私たち人間のなかで、（生に関して衰退した）私たち死すべき者のなかで、言語は時間のように未完成なものだ。

不能、死、沈黙は真の深淵だ。

物《フエテイツシユ》神、失われた言葉、流血する死体、ゴミのなかを彷徨う物体《オブジエ》。

前方に投げられたものとしての物体《オブジエ》。

猛獣の前に生きたまま投げ捨てられたもの。

まだ歯のない幼児の口の前にある乳房のように、餌として投げられたもの。目の前に落ちた身体がすべて笑顔の源となる。

生まれ落ちてくる身体。

原初の物体《オブジェ》、倒れ込んで自ら動物の顎の前に身を投げ出すように見える餌食にも似た。

猟犬はまっすぐに餌食に向かって突進する、たえずより遠くにいる餌食に向かって、どんな物体《オブジェ》よりも先に、とらえるべき生命を、引き裂くべき生命を、自分の生命の代わりに殺すべき生命を探しているのだ。

物体《オブジェ》とは上流の生命、動いている生命。狼は生きたまま貪り食う。

＊

はじめてのサンダルはゴム製で、ゴム臭がとても強かった。色は焦げ茶色だった。大潮のとき、それを履いて潮間帯にあらわれる岩場にカニを、イチョウガニやワタリガニを釣りに出かけていた。布製のバッグを首からかけ、釣針を手に、赤のウールで編んだショーツを身につけていた。ショーツは濡れると水の重さで編み目が緩くなった。

岩場のあいだの空洞になった場所を釣針を使って探し回ったものだ。

潮間帯としての微笑。口をあけて歯を見せる。

その微笑の歯は歯の首飾りによって守られていた。

中国人は不死の物体《オブジエ》と呼んでいた。ギリシャ人たちにとってはやはりアガルマだ。それは墓に納める物体《オブジエ》だ。呂洞賓《りょどうひん》の剣、李鉄拐《りてつかい》の瓢箪、鍾離権《しょうりけん》の扇、曹国舅《そうこつきゅう》のカスタネット〔雲陽板とよばれる楽器〕、藍采和《らんさいか》の花籠、張果《ちょうか》が紙のようにロバを畳んでしまっていた箱、韓湘子《かんしょうし》の笛、何仙姑《かせんこ》が後ろを振り返りながら摘んだ蓮の花〔いずれも中国の道教の仙人で八仙と呼ばれ、それぞれの道具で神通力を発揮するとされる〕。

*

紀元前四四年、カエサル暗殺直前に『占いについて』は書かれた。キケロはこの最初の書物の終わりで、魂に宿る非言語的な力を理解させようと試みている。キケロは言う、私はどんな人の顔にも、たとえ下層の人々の顔にも見分けてきたのだ。突如として燃え上がる炎を、所作の背後にある畏怖をもたらすような動きを、意識から引き出されたとおぼしき力のようなものを。それは魂の中に鳴り響きはしないものの、さまざまな存在を出現させうる力だ。例えば、砂漠のなか蜃気楼を引き起こすような。ブレンヌスと白い処女たちのような〔デルフィにあるアポロンの神殿にガリアの武将ブレンヌスが攻め込んだ時、白い処女たちが立ち向かうだろう、という神託を受け、結果、武器を持って立ち向かう処女たちの幻影が現れて、雪でガリア軍を押しつぶした〕。しばしば私たちは何かを見ているときに、それを見ていると思い込んでいる。

*

Objiciuntur saepe formae.

しばしば、さまざまなかたちが私たちの前に提示される。

これらのかたちは前に－投げられたもの（*objiciuntur*）である。

物体《オブジェ》とは空腹で口を開けている者の目の前に投げられた死体のことだ。

ob-jectus と *jectus* の関係は、*ob-audire* と *audire*（obéir〔従う〕と ouïr〔聞く〕）の関係に等しいと思う。

言語《ラング》への服従〔Ob-audience：聞く－以前〕。（私たちは話す前に従っている）。

原光景の猥褻さ〔Ob-scène：見る－以前〕。（私たちは見る前に夢想する）。

物体《オブジェ》、物《ショーズ》、物《レス》（母）、物《レム》（ファロス）、兎糞、カラスの分け前〔臓物。本書八六頁参照〕、死体、与件、実在性《レアリテ》、現実《レエル》はどれも区別されなくてはならない。生は単純ではない。

*

物体《オブジェ》は人間ではない。

物体《オブジェ》は場所を抜け出すことはない。

物体《オブジェ》はそれが置かれた場所のまわりを動き回ることはない。田舎の音、叫び声、葉叢のざわめきが場所を規定する。

物《ショーズ》は人間よりも長く生きる。物は人間よりも長い歴史を携えている。それは思い出の住処だ。荷馬車、ピアノ、バイオリン、斧。

ベンチ、井戸、石塀、柵、張り紙は死の罠だ。

*

儀礼の際に切除された陰茎の包皮は母親が飲み込む。社会の基準を規定するのは以前の状態《スタトゥス・クオ・アンテ》なのだ。

去勢、歯、鹿の角、触角、牙が物体《オブジェ》となるのは、死者が物体《オブジェ》となることの帰結である。
実在性《レアリテ》とは、他者の視点の反映の総体を含んでいる。それは集団的な言語活動の鏡だ。
現実《レエル》は実在性《レアリテ》の反対だ。それは流出《リユシス》、欲動《プルシオ》とはもっともかけ離れたもの。死に近いものだ。

*

ベッテルハイム〔二〇世紀のアメリカの心理学者〕は幼少期にとりついていた自分の疑問を提起するため一冊の書物を書いた。その謎はハーレムの存在に関係するものだった。なぜ女性は、他の女性よりも、生殖能力の無い男性に奉仕されるほうを好むのか。

動物や人間を去勢する快楽は言語活動の誕生と同時期に生まれた。

戦争における去勢行為。戦闘の末、死んだ敵に対して行う去勢。古代エジプト人は男根の皮を剥ぎ取った。

神秘主義的な去勢。割礼は女神に対する自己去勢から生まれたのだろう。

新石器時代の去勢。宦官（敗北し隷従することになった人間）は、子供を残すことができないため、自分の境遇への復讐を子供に託すことのできない奴隷である。

美食のための去勢。去勢されてない雄牛に対する去勢牛《ビーフ》。供物として肥育の犠牲となった牛。

ヨーロッパで一九世紀初頭まで途絶えることなく続いた、声のための同性愛的な去勢。年齢のない声には性もない。そこで、私が示そうとしていることが突然明らかになる。すなわち、天使の声は猥雑《ソルディド》だということだ。

41　対象《オブジエ》がもつ客観性《オブジエクテイヴイテ》の領域

再び無に帰する恐怖に抵抗できる乳児には死の力というものがある。対象《オブジエ》とはなによりもまず、欠如、不在、剥奪、不可視を源泉とする主観的な現象である。渇望しているもののイメージを蘇らせる幻覚、その幻覚を夜のあいだに具現化する夢、まだ現れていないものを創造し続ける全能の力、口元にあるいつもの親指あるいは手元にあるいつもの切れ端、たえず記憶を自由に呼び起こして作られる光景あるいは思い出、そして言葉。不在をまぎらわせるのはこうしたものだ。

対象《オブジエ》は数年をかけて客観的なものとなる。

＊

対象《オブジエ》とはまず人が融合するものである（ob〔前に〕は消滅する）。接頭辞 ob はどこへ消えるのか。口の中へ。接頭辞 ob は前にあるものを示す言葉だ。身体の中に飲み込まれるとは、食べることを意味する。

食べるとは何か。対象《オブジェ》を壊すことだ。

授乳を終えた小さな捕食者は、もはや乳房に魅了されることはなく、乳房にとって危険であることをやめる。乳房は、乳児の目に、数時間のあいだ「客観的な」ものとなるのだ。男性にとって性交後の興奮が冷めた時間にも同じことが言える。しばしの間、相手の女性が男性の目には「客観的な」ものとなる。女性はもう魅力を持たない。女性は、自分のことを注視する身体の「前に」いる。

それゆえ、客観的になっていない時には、ストレスを感じ傷ついた乳児は対象《オブジェ》を嫌悪し、対象《オブジェ》から顔を背け、対象《オブジェ》を空虚なob〔前方〕に、現実《レエル》としての外部に、永遠に放っておく。

内部が生まれ、外部と対立する〔外部に対して前に－置かれる〕ようになるのは時間がかかる。外部とは対象《オブジェ》が自らを対象化《オブジェクティベ》＝客観化する空間である。

皮膚が二つの世界のあいだの境界をなす。

客観《オブジェクティビテ》性の領域とは1．非－身体、2．非－同一、3．物体《オブジェ》、4．非－私、5．言語活動。

皮膚を税関とすること、象徴の堆積を越えがたい壁とすることへの移行。

ある社会の実在性《レアリテ》はひとつの事象である。社会の構成員が社会に対してもつイメージはそれとは別の事象である。

ある生の実在性《レアリテ》はひとつの事象である。その生を生きている人間が自分の生に対してもつイメージはそれとは別の事象である。

実在性とイメージとは関係をもたないことがありえるし、衝突しあったり、関係を持ち合ったりすることもある。時には実在性がイメージを模倣することもある。イメージは部分的に、実在性を誘導して作り上げる。幻想《ファンタスム》は暴君のごとく症候を生み出す。物語——言葉による作り事——は絶えず、偶然の出来事と脈絡のない断片的な状況とを結びつける。

実際に起こっていることは、実在性と比べれば、底無しに深い。

何事も名を持つものは現実《レエル》から完全に切り離されることは決してないが、言語活動は沈黙する子供を完全に犠牲にする。私はそう考えていた。

ロゴスのもとに何があるのか。何もない。あれのかわりにはこれがある。

役割のもとに何があるのか。何もない。あれのかわりにはこれがある。

アイデンティティのもとに何があるのか。何もない。往古のあるものが今なお話し、そして自分の名を信用している。

神は母マリアにその影を投影した、それでマリアは懐胎した。

正午《ミディ》とは木々や生き物の足元の影がもっとも短くなり、子を宿すことをやめる時間を表す。

そういうわけで、日々、空間の中で、影が占める空間が短くなることがわかる。この空間は太陽に対して垂直になると消滅することもあり、「ob〔前〕」もまた消え去る。

時間が縮小するような空間はあるのだろうか。

時間が縮小する空間とは、男性器が大きくなる空間である。

子宮のなかの王《レギア・イン・ウテロ》、太陽の下の王《レグヌム・スブ・ソレ》たち。

42　場所にいるかのよう《クアシ・イン・ロコ》

トマス・アクィナスは、場所ではないのに、「場所のごとき」場所が存在すると書いた。辺獄《リンボ》に送られた死児は場所にいるかのよう《クアシ・イン・ロコ》だった。名づけられなかったために、死児は天国へと行くことはできなかった。肉体を備えぬ極小のものは、直接それを産みだした実体へと近づき、死児は「場所にいるかのような場所」であるのだから、辺獄の子供は子宮にいるかのよう《クアシ・イン・ウテロ》だった。子宮それ自体が、大きくふくらんだ母の皮膚の下にある「場所にいるかのようだ。

43　何か分からぬもの

アリストとウジェーヌの五番目の対話は「何か分からぬもの〔*je ne sçay quoi*〕」の性質を話題にしている。ブウール〔ドミニク・ブウール。イエズス会士で一六七一年に『アリストとウジェーヌの対話』を刊行〕はそれを定義不可能なものと定義している。それは言語外のものである。人がもつ雰囲気である。それは柄の先についた矢尻。心持ちを素晴らしく、熱心で、雄弁で、くつろいだ状態にするもの。

ブウールが言う何か分からぬものは、世阿弥の花に近い。

それは魂に残り続ける性の名残りである。

ブウールは唐突に述べている。「それはナイル川の源流だ」

本当のところブウール神父はこの記述の少しあとに重要な告知を行なっている。「すべてを生み出す何か分からぬものは、絶えず身にまとわれている」

＊

何か分からぬものが稀なものであるのは、失われた何かがそこに含まれているからだ。絶えず身にまとわれるものであるのは、それが魅惑するものと秘密の関係を結んでいるからだ。

*

ユベール・ル・ブランは次のように記している。最高度の正確さで和音を響かせるのにルクレール氏に並ぶ者はいない。氏は確かに一種の恥じらいとともに、賢明な慎重さでもって指を使っている。瀬踏みなど決してせず、いつも自信満々で乾いた音の和音を鳴らし、不正確さを誤魔化すような傲慢な演奏よりも、ルクレール氏の慎みのほうがよほど好ましい。

ル・ブランがジャン＝マリー・ルクレールによるバイオリン曲において「一種の恥じらい」や「慎み」と呼んだものは、世阿弥が能において「花」と呼んだものに等しい。それは気づかれることを少しも求めない美だ。不意に生まれる、珍奇ではない自然な調和のようなもの。それは、巡る季節や不意に生じる瞬間にただ適切に対応していることが求められるような、自然や作品のなかの突然の開花だ。

*

ジャン＝マリー・ルクレールは寡黙な音楽家だった。たいへんな教養人で、同性愛者で、人間嫌いで、神経質で、非社交的だった。一七五八年、彼は妻との同居を解消した。彼はポルト・デュ・タンプルに居を構えた。一七六四年一〇月二二日から二三日未明にかけて自宅で殺害された。

自宅からは、「数多くの地球儀」を除いて、ほとんど何も発見されなかった。

この記述は重要だが、謎めいている。

二つの供述があった。

二人の庭師は、一七六四年一〇月二三日未明、ちょうど仕事場に向かう途中で、ルクレール家の庭の植物の葉の上に鬘《かつら》と帽子が落ちているのを見つけた、と述べている。

それから警察官が書記課に次のような証言を残している。家に入ると、すぐに仰向けのバイオリニストの死体を見つけた。シャツは血に染まっていて、三箇所、ナイフによる刺し傷があった。胸の上、上腹部、みぞおち。死んだ音楽家の横には、庭にあったものとは異なる帽子、五線紙、狩猟用ナイフがあった。

44 （エロイーズの対象《オブジエ》）

人間は勃起の落下物である。アガルマはこの「輝く残余」、恋人の身体を覆い、拡張し、照らしていたが、性交をすると消滅する。それは欲望のなかに消え去るのだ。恋人たちが夜をともにした時から消滅するもの。

死者の石の源泉、金の源泉はそこにある。

それはエロイーズ〔一二世紀のフランスの修道女・作家〕の対象《オブジエ》。

喪の唯一の対象は性器である。それこそ、エロイーズが自分が書き残した書物のなかで断固として擁護した主張であり、アベラール〔フランスの論理学者・神学者。弟子であるエロイーズとの恋愛で有名だが、虐待などからエロイーズの叔父の怒りを買い、睾丸を切断される〕の主張を否定するものだった。（私が涙するのはあなたとの離別ではなく、あなたの性器に対してなのです。私が哀れむのは、叔父の二人の召使いによって去勢されたときのあなたの苦しみではありません。切断された対象そのものを私は惜しんでいるのです。私が愛していたのは、まだあなたにそれがあったころの、あなたの性器です。まるで私が望んでいるかのようですが、そんなことを口にしたのは私のせいではありません。私が望まないとき、礼拝堂にいるとき、ミサのとき、食堂にいるとき、あなたの身体の先に勃起する性器の姿が見え、その夢想が、ほとんどの場合、残酷なイメージを私に押しつけてくるのです。それで私は苦しみで胸がいっぱいになるのです。)

喪は、以前の時間へと戻るための、長い不可能な仕事を明らかにする。時間を回復するための再交接。引き裂かれた関係の修復。前年への回帰。ラテン語で言えば、欠如のない最初の世界という以前の状態《スタトウス・クオ・アンテ》への逆行《レグレスス》。

アベラールの去勢においては、生命の源泉から切り離されたのは「原初《アンテ》」という時間の地位である。

喪があれば必ず墓がある。

現実《レエル》の中に穴があれば必ず言語活動が生じる。

離れた身体には犠牲がともなう。

他人の目の前で、自己の一部が自己から切り離されなくてはならない場合——それは私たちから分離されたものに捧げられる——「過剰な犠牲」が生じうる。この「過剰」は、残された者の目の奥に悪夢のようにとどまり続ける。それがエロイーズの場合だ。エロイーズの場合、性的なものが「過剰に犠牲にされた」のである。エロイーズは繰り返し——そして最後まで——去勢されたアベラールとの結婚を拒否した。

＊

Sacra facere とは分離を生み出すこと。離れた場所に事物を建造すること。聖域を作り、隠者の庵を建て、巡礼を行うこと。

最初の犠牲にどのように接近できるだろうか。夢であっても、捕食者が戻ってこないように、分離という贈り物をすること。

暗い母に代償を払うこと。

それは死者の側のアガルマとなる（大気の母以前の母〔母胎としての母〕が光の岸辺の反対側にいるように、死者は世界の反対側にいるのだから）。

原母モルス〔ローマ神話における死を司る女〕。

*

誕生の直後、分離した母の大きな目の前で、はじめて、最初の王国が、失われた対象《オブジェ》として生み出される。母の目はいまやはっきりと分かれた幼児を見放してしまう。自分が生み出した幼児を見失うのだ。

どんな対象《オブジェ》であっても、包まれていた胎児とそれを生み出した大きな容器のあいだに突然開いたこの空虚——欲望と時間が容量となった空間——を埋められる。

それが深淵、隔たり、不均衡を隠すスクリーンとなりさえすれば、どんな対象《オブジェ》であっても構わない。

失われた対象《オブジェ》とは、開いた口をただちに包む大気中では見つけ出すことのできない食糧のことだ。

乳房の影。

振動し、低くうなる魔法の言葉。

無言症はまた閉じた口、自らの乳房となった口だとも言える。それは自分自身に接吻する口だ。

この世界には物語《コント》や快楽においてと同様、なんの役にも立たないものがかなりある。

何に役立つか本当に不可解なもの。

クレティアン・ド・トロワはその作法を心得た名人だった。

順番は次の通り。第一の世界の声、
第二の世界の眼差し、
光の中の乳房、
口が贈与されたことのお返しとしての黄金の糞。

＊

声だけが、二つの王国を結びつけ、残り続ける。子宮の中の声《ウォクス・イン・ウテロ》は太陽の下の声《ウォクス・スブ・ソレ》とほとんど同じものであり、それが母だ。つねに響いている母の声に胎児は浸っており、その声は闇の中を支配している。そして、母の声は、分離された母の見知らぬ眼差しへと導き、太陽の下の幼児《インファンス・スブ・ソレ》が誕生すると、その眼差しと一つになる。その声は見えるものの領域で事物を作り上げる。この滋養となる眼差し（子宮の中の胎児《フェトゥス・イン・ウテロ》が聞いていた往古の声に浸された眼差し）は、「声に包まれた光」の中で分離して生まれてきた幼児を支える。幼児を養い、声と一体化した眼差しと一つになった乳房は、匂いを放ち、かつて従っていた声の役割を引き継ぎ、声のようにとりついて離れなくなる。乳房が作った兎糞という贈り物はそのままにして。

＊

この世界において糞便《ファエケス》は何の役に立つのか。

それは賞賛される対象《オブジェ》であり、魔術的で、快い、幸運をもたらす対象《オブジェ》、心穏やかにし、利益をもたらす、不必要な対象《オブジェ》。糞便は識別し驚愕させる眼差しと関係している。それは子供が母をよく食べたことの徴である。

　変形した美味しい食事。

　かつて有益だったもの。

　失われたものの本当の残存物が生きた子供の姿を決定する。

〈声〉に褒められて、〈言語を持たぬもの〉が最初にするお返し。

糞便とは、大気と光のなかに排出され、変形した母乳である。

糞便とは最初の返礼。

糞便は身体の切り込み部分にふさわしい最初の象徴を生み出す。

まだ非人間的である鍵穴に差し込むための最初の鍵のような象徴を。

*

失われたものの残存物は四つに区分される。

退行の順番に従えば、排泄の対象《オブジェ》、吸う対象、見る対象、聴取の対象の四つである。

通時的な順番に従えば、目が見えるより前に、聴覚が返答のない声に出会う（幼児期=言葉を持たぬ《インファンテ》状態《イア》）。

生まれたあとは、視覚が眼差しに出会う（魅惑《ファスキナチオ》）。

吸うことが乳房と出会う（食べること《マンデュカチオ》）。

そして排泄が聖遺物《レリクイアエ》（糞便、廃墟、作品、遺体）を作り出す。

45　聖遺物

たいていの獣は排泄したばかりの糞を覆い隠す習性をもっている。見捨てられた状態〔déréliction〕という語はラテン語では放棄する行為を意味した。末払金〔reliquat〕は負債として残っているものを意味する。聖遺物〔relique〕は末払金よりも高価なものである。というのも、それは失われた身体から残った尊ぶべきものだからだ。

それは仏教的な主題である。火事のときにはどんなものでも救い出す。手に残ったものは胸を締めつける。

ドニ・ロッシュ〔フランスの詩人・写真家〕は毎年、あらゆる種類の紙幣、美術館のチケット、写真を使って聖遺物の絵画を制作していた。

ヴィヴァン・ドゥノン〔一八世紀のフランスの芸術家・作家。外交官としてナポレオンのエジプト遠征に随行。後にルーヴル美術館に収蔵される作品を蒐集し、ルーヴル美術館初代館長となる〕がケ・ヴォルテールの自分のアパルトマンに作り上げた〈大聖遺物箱〉の中にはルイゾン・ロジェ〔一七世紀のオルレアン公ガストンの愛人〕の陰毛とフランス帝国の元帥の髪の毛が一緒に入れられていた。

ドゥノンはイタリアで過ごした年月について、私はすべての時間を素晴らしい掘り出し物との衝撃的な出会いに捧げた、と言った。

*

聖遺物とは人生の看板だ。

一五世紀から一六世紀初頭にかけて、看板は初期の書籍商の扉の上に吊るされていた。ピエール・リクアールの雄鶏、マルネフ兄弟のペリカン、ポンセのオオカミ、センヌトンの山椒魚、ジャン・ジュメの三尾のカワカマス、マドレーヌ・ブルセットの象、ピエール・オルタンのきつねの尻尾、ギヨーム・ルイエの鷲と蛇。

書斎人はなお動物の世界に取り憑かれていた。

*

長い間、化石でしか知られていなかったが、なお生存していることがわかった動物の種のことを残存種という。

一八六八年、外輪船ライトニング号、一八六九年砲艦ポークパイン、一八七二年護衛艦チャレンジャーはあちこちを掃海していた。

外輪船、砲艦、護衛艦はいずれも数々の残存種を引き揚げた。

46　一七八八年四月一六日午前

四五名の人間の前でビュフォンの死体解剖と防腐処理が行われたのは、一七八八年四月一六日午前のことだった。外科医は膀胱から、火打ち石の硬さをしたヒヨコ豆ほどの大きさの石を二六個見つけた。陰嚢から二つの睾丸が摘出された。脳を採取し、さらに遺品を増やすために、どんな小さな結石もとっておいた。ビュフォン氏は自分の心臓をフォジャ・ド・サン＝フォン〔一八世紀フランスの博物学者〕に遺贈した。フォジャの息子はそれを、自分に遺贈された小脳と交換することを望み、フォジャは承諾した。フォジャの息子は〈水晶壺〉の中にビュフォンの小脳を入れ、そこに次のような文字を掲示していた。「古代エジプト人の手法で用意されたビュフォンの小脳」。四月一七日、もっとも美しい二つの尿管結石がドーバントンとヴァン・ミュッセンに送られ、彼らは満足した。四月一八日、二万人のパリの群衆が、皆、涙を流し悲しみの声をあげながら、パリの城門や城壁まで遺体に随行した。伝令者たちは、四月二一日の晩課のために葬列がモンバールに到着するまでの三日間、周囲の村や集落の人々にそのことを知らせた。

47　珍しい鳥

「フェイティソ〔*Feitiço*〕」はポルトガル語である。フェティッシュ〔お守り、物神〕という言葉がフランス語にあらわれたのは一六六九年のことだ。フェティッシュとは*facticia*、すなわち他者を魅惑する意図で「作られた」物である。

他者の身体と接触をもついくつかの物体《オブジエ》の切れ端よ、お前は人々を魅惑する。お前は、他者の魂にとりつく。他者の欲望を拘束することができる。匂い、換喩《メトニミー》、呪い、猥雑さ、魔術によってしか価値をもたない作り物の小さな物体《オブジエ》たち。髪の毛、爪、足、目、歯、声、お前たちもまた欲望の護符だ。忠実な愛はフェティシズムだ。忠実な愛は一神教だ。

神は造られた《デウス・ファクトゥス・エスト》。人が作った女神《デア・ファクティキア》。

それらは二つの世界。

自己の背後には糞便《ファエケス》がある。

二番目には聖遺物《レリクイアエ》が。

三番目には全体を表す部分《パルス・プロ・トト》が。

対象aは別の世界からやってくる。それは使者なのだ。別の世界が死者の世界であるなら、使者は亡霊と呼ばれる。

ペニス、子供、仲介者、召使いの騎士とその槍、息子、第三者、未来、亡霊、使者、これらは母の欲求に符号する。

妊婦の抑えがたく、しかし正当化できない欲求の中にすでに使者が先取りされている。女性は生となる前の生に捧げられる。欲求が女性の領域を作る。ピュシス、未来、受胎の圧力、身体が受胎のために確保する避難場所、後世、これらは女性において「先行部分」としてある。妊婦の欲求はサンスクリット語でドハーダという。ドハーダは抗しがたい、まったく謎めいた欲望であり、妊娠している女性に生じるもので、数ある神託と同様、従うよりほかない。聖なる欲望は必ず生まれてくる存在の運命をしめす記号である。聖なる欲望は可能性の領域にある場合は満たしてやらなくてはならないが、それが不可能な場合は、その代わりに実現可能な代替物が必要となる。それは、まだ生まれ出ていない、負債となっている子供に対して、誰もが追っている義務である。母の身体にその意志を押しつけてくるのは子供の心臓だ。胎生は実は時間が逆向きだということを考えなくてはならない。子供とは時間的に先立って母を支配する生命なのであり、母はその後で子供に生命の媒体を提供するのだ。先立つ存在が女性たちにドハーダの状態を求めるのだ。

＊

妊婦のベッドで、若い女性の乳房の先に、母乳が出たとき、往古《ジャディス》がこみあがる。

＊

珍しい鳥を見つける、とは、失われたものを探すという意味の素晴らしい表現だ。鳥の形をした魂の最後の滞在場所は、死体の横に立つ魂の棒の先である。脳みそを食べるギリシャのカラス《コラクス》は、すでにラスコーの洞窟に描かれた棒の上で休息している。

対象《オブジェ》とはフェティッシュだ。

日本語の公案と同様、ポルトガル語のフェイティソは、記憶の休息地で形づくられる。それは時間の止まり木。魂の止まり木。時間を内在した対象《オブジェ》だ。それは見ることが不可能になる直前に見られたもの。倫理を具現化したローマ時代の光景（直前の光景）の回帰だ。古代ギリシャ・ローマの画家は、殺人、強姦、狩猟の際の獲物の分け前、死体を決して描かなかった。彼らはその直前の瞬間（殺人の直前、強姦の直前、獲物を分け前を猟犬に与える直前、殺人の直前）を描くことに執着した。

フロイトは一九二七年、〔性的〕関心は途中で放っておかれたように留まっている、と書いた。魂をきわめて不安に陥れたであろう光景の直前の印象が、フェティッシュとして保持されることになる。足と靴が最初のフェティッシュであるのは、男児が下から周囲を伺っていたからに違いなく、その時、かれは母親の足元、靴の高さのところをハイハイしていたからだ。下着は、裸になった時に、深淵（穴、空虚、失われたもの、死者）のように衝撃を与えるだろうものがあらわになる直前の瞬間を構成する。

対象《オブジェ》は物《ショーズ》ではなく前光景である。閾の手前〔*pre-limen*〕なのだ。対象《オブジェ》に対する情熱とは予備段階〔**préliminaire**〕である。

感覚与件〔le donné〕は対象《オブジェ》ではない。空の青は対象《オブジェ》ではない。与えられたもの〔la donnée〕は、空間のなかの大地だ。大地と太陽のあいだの月は、夜のうちに介在する対象《オブジェ》ではない。夜、湖、猫は私たちに先立って存在する。私たちが夜、湖、猫を迎えいれるのは、それらが私たちを受け入れてくれるからだ。私たちは夜、湖、猫をそれ自体として見る前に、私たちが夜、湖、猫に帰属しているのだ。はじめて夜、湖、猫に対面する時、私たちは自分たちが考えている以上に包まれているのだ。与えられたものは動物性、人間、火打ち石、黄土、洞窟にすら先立って存在する。

＊

牡蠣のように、生《なま》の子猫を食することはないだろう。

プルタルコスの主張をとりあげよう。ガチョウを絞殺するよりも、犬が飢死するのを放っておくほうが人間にとっては重大に思える。

現在のフランスでは、執行官が犬や猫を捕まえて競売で売ることはできない。馬やボアならば捕まえて売ることができる。物と人間とを隔てる境界線は、乳児期や幼少期のあと長らくはっきりしないままである。

人間という種は決して完全に目覚めることはない。

*

水は対象《オブジェ》以前の物体《オブジェ》を規定するのか。前方への噴出〔誕生のこと〕以前の物体《オブジェ》を。

裸になって浴槽に身を浸ける瞬間、温かい水がどんな外皮よりも身体を包み込んでくれる。

私は西洋、東洋、極東の風呂の限りない心地よさを称揚する。

胎生動物の最初の外皮も白い。容器、貝殻、衣服は身体をきちんと蘇らせることはできず、身体と同じ価値をもたない。車、家、帽子、傘、タオル、鞄、レジオン・ドヌール勲章は対象《オブジェ》以前の身体には見合わない。燃えるような身体と同等のものは何もない。

剥き出しになって輝く熱《ほて》った身体。

突如として水から出る赤い身体。

母親の性器から外に出る身体。

びっしょりと濡れた形の定まらぬ身体ほど驚異的なものはない。

身体というよりもむしろ水のしたたり。

濡れたヴィーナスの目的は何か。ギリシャ語でアフロディーテは何を意味するのか。海の泡だ。

女性と男性の身体の蒼白さは、ネオテニーの身体、未完成の身体、決して大人になれない身体、いつも水をしたたらせ、時期尚早に貝殻をやぶり、毛が生える前に生まれてくる身体の、毛のない状態を示している。

裸体とは、そのような肌の未完成を表しているのだ。

人間の身体に関して言えば、裸体は早すぎた未成熟の時間である。

ライオンや豹の乾燥した暖かい毛並みではなく、震える蒼白の鳥肌。

それはボロ着のようになった羊膜嚢をまとい、屈辱を受けている身体の顕現に限りなく似ている。

白いというよりも無力である。

裸体というよりも恥辱である。

人間の顔よりも低劣で、人間の顔と同じくらい個性的な、また、恥を知らぬ頬骨と、そのすぐ上にある、定まらない眼と同じくらい個性的で、独特で、赤みを帯びた裸体の哀れな姿。

48　浜辺

　彼女はつま先立ちで、焼けつく砂浜に到着した。目的の場所にやってくると、スカートをおろし、慎重にしゃがんだ。白いショーツが熱くなった砂にそっと触れる。ショーツは砂浜にゆっくりとその影を伸ばす。彼女は砂の中に尻を押し込んでいった。それから履いていたサンダルを脱ぎ始める。
　その後、彼女は泳ぎに行った。
海から戻ってくる。彼女は両膝をついて、ゆっくりとうつ伏せに身体をのばして寝そべった。
身体を乾かして日焼けするの、と彼女は言った。しかし彼女は夢を見た。
時間は正午。彼女は座りこんで前屈みになり、だらりと下がった濡れ髪で顔は完全に隠れ、何となく
指で砂をいじっている。
　砂のなかに指をいれる、
　そして持ち上げる、
　指を少し開いて、ぼろぼろの木片、
　種子、

白い羽毛、
白い貝殻の破片を選り分ける。

夜、シャワーを浴びて、チュニックを身につけ、スカートをはく、家の上にそびえる絶壁のむこうに太陽が沈む前に、前庭の境にある溝と柘植の向こうに一筋の光が現れる。

この光線は赤みがかった敷石と鉄製のテーブルに伸びている。

そのまま、やや下って浜辺のほうにまで伸び、乾いた草と穴だらけの小石のなかに分散してから、前浜に到達する。

＊

太陽から降り注ぐ光線は言葉にできない。

日の光は私たち自身の身体よりもずっと新しい。その強さは驚異的だ。私たちの目には、私たちが生まれ出た水よりも言葉にしがたい。日の光はいつも新しいのだ。本当にそれを見ることなど決してできない。いつもまぶしさで目が眩むのだ。水よりもなお捉え難い日の光がもつ堅固さは水よりも奇妙だ。

49　母親の遅すぎた到着

芸術《アート》は取るに足らぬものだ。この世界においては本当に。どんな芸術でも大地にある自然と比べてみればわかる。

芸術とは〈古い袋〔＝子宮〕〉から継承された〈取るに足らぬもの〉なのだ。

芸術は遅すぎた到着だ〔「母親の遅すぎた到着」はハイドンの歌曲〕。

創作とは自分の宿主を探すこと。動物にとっては、産卵がうまくできる場所を見つけ出すこと。鳥にとっては、そのような場所を作ること。花や樹木にとっては、開花できる場所を得ること。ひとつの場所。欠損した壁の一隅。断崖の突出部。時間の隙間《インターバル》。時間の失策《ラプシュス》あるいは、時間のなかのエデン的な断片、小さな枝や一枚の葉――アダムとイヴの堕落前の一枚の木の葉。

＊

王女はランスロットに尋ねた。「お前は何を期待して探索を行っていたのか？」

「私の名を見つけるための冒険。私の力を知るための挑戦。私の魂がこの世に生まれるための歴史。私の身体が死ぬときに、露よりも先に滅びてしまわないための試練」

＊

人を寄せつけない城塞に暗号化されたメッセージを刻む。

一つの小さなイメージを緑の絹で覆われた金箔のミサ典礼書のなかに忍び込ませる。

＊

「何を作っているのですか？」

「美しいものを」

「では、美しいものとは何ですか？」

「まったく美しくないものです」

＊

イギリス人の発明はちぐはぐだ。一八二一年のチャールズ・マッキントッシュのレインコート、セメント、レーヨン、一九六四年のマリー・クワントのミニスカート。

*

ファーブルは『昆虫記』の七八二頁で、巣についての素晴らしい、そして際限のない記述を行っている。その記述は次のように始まる。小さなボロ切れ、紙片、糸くず、毛の房、藁や干し草、枯葉……

50（贈り物と石）

人は指や口をつかって対象《オブジエ》との戯れをはじめる。そのようにして、乳房、ペニス、親指、足、がらがらが空間のなかに現れる。

断続的に空腹を覚えるたびに、指と唇のあいだに何かを求めるのだ。

終わりのない書物、破られ、切り取られ、切断され、粉々になった断片のそのまた破片を何度も寄せ集めることで、巨大なひと続きのヴォリュームが作られる。

その書物のなかで死者が蘇る。

破壊されたものが脈を打つ。

贈り物のおかげで源泉としての対象《オブジエ》から仕返しされることはない。貪られた母が貪り返すことはない。

＊

すべての贈り物がささやく。

「私からの贈りものを拒んだりして、どうか私を傷つけないでほしい、あなたが望んでいたものではないだろうことは分かっているのだから」

*

詩人の恋《デイヒターリーベ》〔ハイネの詩によるシューマンの歌曲〕。
あなたの息が私をかすめると
私の姿《ヴイジヨン》はもうあなたの目の中に入り込めない。

*

母が外に排出すると、外部に客観性《オブジエクテイビテ》が生まれ、世界は、喪失したものを起点に秩序づけられ、部屋が片付けられる。
感謝、贈与、犠牲、あらゆる脅迫は幻滅が生み出したものだ。感謝は別離を確認し、実在性《レアリテ》を創出する。

*

話そうとする身体があっても、そこに母がいないとき、コミュニケーションをしないでいること。コミュニケーションをしないとは、書くことを意味する。その場合、自身《アウトス》は自身《イプセ》にはならない〔前者はギリシャ語で後者はラテン語。キニャールは両者を区分しており、後者は言語習得以前の状態を指すと思われる。『静かな小舟』の二九章には次のような記述がある。「「自己同一性（イプセイテ）」が定義するのは、ことばの助けを借りることなく、すなわち「自我（エゴ）」の場所のはるか此方で、さまざまな感情が身体の内部を通ってそれ自身へと回帰する現象のことである」〕。音のない空虚な部屋のなかの最小の自己、それが最小の自己同一性《イプセイテ》である。かろうじて魂であるような魂は、その最小の生においていかなる変化にももはや苦しまないことを望む。そのような魂は、十分につらい苦痛の周期に耐えながら、もはやいかなる混乱も受け入れることを望まない。自分自身に対する身体の往復運動でしかないのだ。それは無に対する、最小限の、密やかな、畏怖を伴う、無言の伝達行為である。「無に対する」とは、現実のなかの最小限の客観性に対する、そして、身体のなかの最小限の主観性に対する、という意味である。外の世界への使者を少しも持たない自閉。

もはや眼差しすらない。

書物すらない。

ほんの少し性器を手に握る――親指よりも。

*

（外界と内界のあいだの、液体と乾燥の二つの王国のあいだの）中間の世界が芸術である。芸術とは、対象《オブジェ》が客観的《オブジェクティフ》ではない世界である。作家と子供にとって、外の世界とは身体の外にあるのではなく、働いているのに遊んでいると思っている部屋――遊んでいるのに働いていると思っている部屋の外にある。

それは秘められた場所、魂、自己のための部屋、コルクの子宮、私的な隠れ家。

遊び、盗み、芸術はみな体内から吐き出されたものである（怒り、精子、排泄物、吐瀉物、叫び）。昇華されることはない。習得された言語ですら、吐き出された内部に戻らざるをえない。苦労して習得した言語は、忘れては繰り返し学び直し、衰弱しながら、あるリズムに、アタッカ〔楽章と楽章の間を切れ間なく演奏すること〕

に、激しい断言に、血みどろの、狂暴《ブルータ》で、唐突《ブルスカ》な断片化へと至るのだ。それらは、原初的な憎しみとそれに先立つ生き生きした衝動に関係している。

51　石

人間は石の心を持っている。

石のように不幸。

石のように無言。

石は歴史に属しているわけでも、歴史に残るわけでもない。

時間の流れに削られる砂利と小石。

対岸の瓦礫。

きまった形をもたない小さな石。

風が小石を侵食する。流れが小石を転がす。

もはやわずかな凹凸もなくなった小さな形。その奇妙な石目は一層輝きを増し続ける。

解読不可能な小さな記号。

切り立った断崖も砂と同じく、残った石の模様を損ねるおそれがある。

人間も、戦争も、言語も、忘却も、時間そのもののように石を削ることも、摩耗することもない。

人間は石を集めることで、時間を愛したのだ。

*

断崖、淵、岬、山は時間による偉大な作品だ。

52　劉伶

道教の信奉者である劉伶《りゅうれい》〔中国の七賢の一人〕は素っ裸で生活していた。ある儒学者は自宅の劉伶《りゅうれい》を見て叱責した。

「尻を隠せ！　服を着ろ！」

青虫のような裸の劉伶は、湯呑みを置いて、立ち上がり、声を荒げてこう言った。

「世界が私の街で、大地は私の地元、私がいる街が私の家であり、家の部屋にあたるのが私の衣服だ。私の衣服のなかであなたは一体何をしているのか」

それから劉伶は何度も激しく棒で殴ってこの男を追い出した。

儒学者は人間の生活は公的でありかつ言語に基づくと考える。道教者は人間の生活が非社会的で自然に基づくと考える。

53 獣の肉《カルネ・デ・フィエラス》

遭難したユリシーズ〔オデュッセウス〕は、フェアキア人の国の海岸に裸でたどり着いた。浜辺で球遊びをしていたナウシカアの視線を前に彼は恥じらいを感じた。すぐにヴェールを身にまといたいと強く思った。しかし、裸を晒すことで人間が心の中で感じる恥ずかしさは、性的な強迫観念に由来するだけではない。

獲物になってしまった捕食者の弱さが、最初の狩猟に関係している。

見ることが殺す。

狩猟中に狩猟者を見た獣は狩猟者を殺す。

魅惑という現象において、見られることは食われることである。

獣を殺す狩猟者は、メデューサを殺すペルセウスは、見られることなく見なくてはならない。ペルセウスは、青銅鏡〔鏡のように磨かれた盾〕の表面にメデューサの姿を映し返し、メデューサを殺した。悪魔たちをおびえさせ、死体から目を逸らして、お互いを見合いながら殺し合わせるために、鏡が墓の中に収められた。

遭難者は身体を洗われ、髭を剃られ、香水をかけられ、頭髪を整えられた。彼は新しい衣に身を包んだ。彼は宴に招待された。食事の際、料理と酒の合間に、盲目の吟遊詩人デーモドコスがフェアキアの王に頼まれて、ギリシャの戦士たちの物語＝歴史を歌った。彼はすぐにトロイア攻囲の際のユリシーズとアキレウスの口論を語った。

遭難者は気付かれないように深紅のヴェールを頭にかけ顔を隠した。

王だけがその仕草に気づいた。

「ヴェールの下で、彼は自分の人生を嘆いている」

これが読解の始まりだ（目をヴェールで隠して嘆いているユリシーズ）。それはまた歴史物語の誕生でもある（勝者のための物語＝歴史を創作するデーモドコス）。

＊

ニーチェは言った。人間はおぞましい。人間は何かを見にまとう存在である。崇高さを身に纏い、身に纏わせる。崇高さとは醜さのマントだと定義されている。

Den Mantel des Hässlichen.〔崇高さは、醜い者が着るマントなのだ。〕

聖書のなかでマントはヨセフを示すアトリビュートである。ヨセフの兄弟が雨水のたまったところに彼を投げ捨てようと服を脱がしたとき、マントも剥ぎ取られた。ヨセフが獣に食われてしまったと父親を信じ込ませるため、マントは引き裂いて持ち帰られた。ヨセフの裸に欲情し、自分の寝床まで引っ張ってヨセフを抱きしめることを切望していたポティファルの妻は、力づくでそのマントを奪い取った。マントは彼女の手にわたり、彼女の激しさの証拠としてポティファルの手元に置かれた。

*

アルマンド・ゲーラは一九三六年に『獣の肉』を撮影した。若い女優マーレーヌ・グレイはマドリードのサーカス団で、獣の檻の中に閉じ込められたナンバーワンストリッパーの役を演じた。マーレーヌ・グレイは三年後の一九三九年、マルセイユの檻のなかで獣を前に服を脱ぎ始めたとき、ライオンに食い殺された。

*

54　長血をわずらう女の物語《コント》

ルカは長血をわずらう女を即座にイエスが治療した話を語っている。女は後ろから近づいてきてイエスのマントの端に触れた、するとたちまち、彼女の出血は止まった。それからイエスは尋ねた。

「私に触れたのは誰だ？」

誰もがイエスに触れることを控えていたので、ペテロは言った。

「先生、群衆があなたを取り囲みあなたのもとに押し寄せたのです」

しかしイエスは答えた。

「いや、誰かが私に触れた。私から力が出ていくのを感じたのだ」

それから一人の女が歩み出て、震え始めた。女はイエスの足元にひれ伏した。女は自分がイエスに触れた理由と、自分の病気がすぐに回復した様子を語った。するとイエスは女に言った。

「女よ、お前の信仰がお前を救ったのだ」

女は穏やかになってその場を去った、それから出血することはもうなかった。

＊

狩猟者は敵意が漂っているのを感じることができる。殺そうとするわずかな気配が自分の近くで起こり、警戒感が生まれる。侍たちは第六感、一種のテレパシー、自己滅却によって生じる極度の「その場との無媒介的つながり」の状態を口にした。昔の日本の戦士たちは、自分の技術《アート》を最高度にまで研ぎ澄ませると、もはや通常の意識の状態ではなくなることを認めている。その時、敵のわずかな衝動すら映し出す鏡になるのだ。人間の姿をした獣のわずかな動きも見逃さない。たちまち状況が伝えてくれる、どこで、どうやって、いつ、敵でありながら何もかも自分と通じているその存在を斬りつけるのかを。

剣、矢、手刀、槍がひけらかされることなく勝手に襲いかかる。警戒することなく身を晒している〈他者〉に、それらの武器はまっすぐ向かうのだ。そのようにして、狩猟者も戦士も芸術家もシャーマンも女の音楽家も愛人も僧侶も詩人も、みな区別なく、自己を滅却するに至る。彼らは自分たちの身体が求める動物（蒼白で、毛も生えていない、胎児の状態）に戻るのだ――あるいはむしろ、彼らは他者に戻る。彼らは人間の源流へと遡ったのだ。死のわずかな気配も感じ取れる状態を回復したのである。これが殺気という言葉の意味である。

日本語の「殺気」は、フランス語では「殺害の気配」と翻訳できるだろう。

それは、不意にある人間ないし物体《オブジエ》から発せられるものだが、周囲の大気中になんらかの匂いや気圧の変化を感じとる訓練をした人間には、内的な方法で感じられる。

物体《オブジエ》、剣、作品、眼差し、沈黙には殺気が含まれていることがある。

長血をわずらう女の物語のイエスは殺気を感じた。桜の話の柳生〔十兵衛〕は殺気を感じた。

＊

柳生は沢庵の弟子だった。初春のある日、庭にいた柳生は開花を始めた桜の木を眺めていた。その時、彼は殺気を感じた。振り返ってみたが、誰もいなかった。若い従者がそばで彼を待っており、彼の剣は従者が持っていた。柳生は庭のどこから殺気が発しているのかつきとめられなかった。彼は師である沢庵のもとで、殺意の流れを即座に見破る力を習得したと思っていた。しかし、その時は、彼にはなにも発見できなかった。彼は寝室にさがり、この印象がどこから生まれているのかを明らかにしようと試みた。いらだちが増し、側近の誰も彼に言葉をかけられなかった。

もっとも年長の従者が勇気を奮い起こして彼に近づいた。不調なのですか？　不服なことがあるのですか？　何か気分を害することがあったのですか？　忠言が必要なのですか？

「いや。ただ、庭で言葉にできない何かを感じ取ったのだ」と柳生は答えた。

「何ですって？」

「死が徘徊している。それだけだ」

彼らは話を続けた。それから若い従者がおびえはじめた。彼は柳生を見つけて、こう言った。

「先ほど、あなたが桜の樹をまじまじと眺めていらっしゃったので、私はこう思ったのです。師がどれほど剣の達人であっても、今自分が背後から斬りつければ、倒れこむだろう、と。もしかしたら、私の考えたことがあなたのもとまで伝わってしまったのかもしれません」

そう告白した後、若い従者は自分の運命を心配した。しかし柳生は、自分が感じた殺気の謎が解けて嬉しくなり、その若い無礼者にただ微笑んだ。

＊

ナザレのイエスは言った。

「*Ego novi virtutem de me exiisse.*（私は自分の中から力が出ていったのを感じた。）」最後にイエスが女に返したこの言葉は偽りであり、とにかく不正確である。イエスの体から力（*virtus*）が離れていき、その力が別の身体を救うためにもたらされたとするなら、女性を助けたのは信仰（*fides*）ではなく、この力（*virtus*）なのだから。

＊

Et tetigit fimbriam vestimenti ejus.〔そして女はイエスのマントの端に触れた。〕なぜ女はマントの端に触れたのか、マントそのものではなく。

端とは内面と外面がくるくると入れ替わる場所で、見え隠れし、目を引きつけたり不快にさせたりする場所である。外が内にひっくり返る岸辺。隠している裸体や欲望、守っている貞節と直接触れ合う布の暗い面と香りたつ面。

＊

人は海のなかに手を浸し、浜辺全体に触れる。

神々の衣服に触れたいという欲望に関して言えば、衣服の裏地に触れることで、燃えることも死ぬこともなく、隣り合う表地にも触れているのだ。

力、性器に触れたいという欲望、次いで睾丸、それから膝、それから足、それから足跡に触れたいという欲望は、だんだんとより人間的な恥じらいの感情に従うようになる。

肌と布のあいだに不快かつ魅力的な匂いが漂っている。

洗っていない父親のシャツのなかで寝ると子供は元気になる。かつてその子供を作り出した生殖力が触れたものに、その子供も触れるからだ。

55　臍

臍は傷跡だ。それは過ぎ去ったもの。それはまさに往古《ジャディス》と接した過去だ。それは身体に残された二つの世界が存在していることの痕跡。胎生という起源の証拠。大気の中での生は、性の排除、つながりをふさぐ結び目、それまでの管を断ち切るメスによる切除、腹に残る痕跡によって始まる。

死者の腹の上にすら残り続ける最初の世界の終焉がもたらす目眩。

人間の身体に残る、最初の切断された切れ端。

最初の結び目であり、同時に最初の断片となる。

結ぶこと、それがつながり《ツキウス》であり、端を切ること、それが第二の世界のために必要な犠牲である。誕生が、最初の世界との切断であるように。人間社会においては、あらゆる犠牲とあらゆる作品に誕生のための切断がある。人間社会とはなにより、生と引き換えに肌の一部を取り除くことによる、誕生の模倣としてある。

君が与えてくれるよう私も与える《ド・ウ・ト・デ・ス》。生存と断片の交換。それこそ、臍の傷跡に読み取れる社会の仕組みである。

ウィリアム・シェイクスピアは『トロイラスとクレシダ』の第三幕に次のように書いている。

時は皮袋を背負っていて、その中には忘却への施し物が入っているのだから。

ああ、屑、汚物、貪り食われた行為、望まれたものの名残り、力強かったものの干からびた痕跡！

穴のあいた鎖帷子、刃のこぼれたナイフ、歪んだ鉄兜、〈歴史〉！

＊

『グロワの船乗り』と呼ばれている歌では、マストから海に落ちた子供がこの世に三つの物体《オブジエ》を残す。
ラシャの丸帽子《カロット》、木靴《サボ》、鉄のナイフ。
一七世紀の中国人はキリスト教徒の神の具現化は全部で三つあると考えた。
天体を見る眼鏡、
悪魔祓いの木の十字架、
時間を告げる機械時計。

＊

一七五六年のオルレアンの定期市で売買が禁じられていたもの。安物の装飾品、リボン、鏡、ハサミ、櫛、ハンカチ、小さな陶器の便器、銀ないし金のチェーン、ブラシ、厚紙か磁器でできた嗅ぎ煙草入れ、ドミノ札、ダイスカップ、パイプ。

＊

私たちが現実《レエル》と呼ぶものは、第二の世界の時期に私たちが陥る、捉え難い恍惚《エクスターズ》＝脱自である。

現実は、古代ギリシャ人が「外部で《エクトス》」と呼んでいたものに近い。

恐怖は恐怖を引き起こす獣たちには似ていない。情動は情動を怯えさせる嵐のような激しさを特徴としてもたない。傷は武器には似ていない。悲しみは言葉には似ていない。

56　肛門

どんな物語《コント》でもはじまりの場面は変わらない。「ある老女が、眠っている若い男の顔の上で両足を開き、しゃがみ込んだ」

ここから話は違ってくる。

「老女は眠っている男の少し開いた唇に向けて放尿し始めた」

あるいは「老女は男の鼻にむけて吐きそうになるような大きな屁をし始めた」。

あるいは「老女は息をとめて踏ん張り、男のまぶたに糞をし始めた」。

いずれの場合も、その若い男は目を覚ます。彼はわめきちらす。突然目の前に現れた光景に、あるいは、驚くほどの臭いに、あるいは、髭やまつげにべっとりとまとわりついた汚れに、彼はなお怯えている。この場面はもっとも古い神話に見られる。また、中世初期にいたるまでのローマ文学全体にも見られる。ラテン語で、老女は肛門《アヌス》と言われた。この場面は、分娩の観念を示している。

57 （ラファイエット嬢）

ラファイエット嬢〔ルイ一三世の愛姫にしてルイ一四世の妻〕は、王に対面して、感激のあまり失禁してしまった。こうして、一六三五年二月、ルーヴル宮殿で行われた仮面劇で彼女は王に恋した。秋、ルイーズ・アンジェリック・ド・ラファイエットは自らの不名誉な振る舞いを理由に、あるいはむしろそれに対する悲嘆を乗り越えることができず、修道院に隠遁することに決めた。国王ルイ一三世はなんとか考え直すよう万策を講じた。王は当時ヴェルサイユで行われていた狩りの集いに来るよう提案までした。しかし彼女の決心を変えることはできなかった。一六三七年五月一九日、朝、ルイーズ・アンジェリック・ド・ラファイエットはパリ、サン＝タントワーヌ通りのサント＝マリー・ド・ラ・ビジタシオン修道院に隠遁した。

＊

オルレアン公が暗殺され、内戦がフランス全土に広がるのに一年はかからなかった。オルレアン公の棺を運んだのはダンジュー王ルイ二世、ベリー公ジャン一世、ブルボン公ルイ二世、無恐公ジャンと呼ばれたブルゴーニュ公ジャン一世。この無恐公ジャンが、アルトワ邸で準備された暗殺の指揮を行い、ラウル・ドクトンヴィルに実行を委ねた。

三日後、一一月二六日土曜日、ギヨーム・ド・ティニョンヴィルは、ブルゴーニュ公に知らせた。プレヴォ〔領主役人。ギヨーム・ド・ティニョンヴィルはパリのプレヴォだった〕によるバルベット門でのオルレアン公暗殺の調査はまもなく終了する、と。

無恐公ジャンは恐怖にとらえられた。

彼は駆け出して、ドアを開け、階段をかけおりた。そこで馬小屋へ通じる階段を上がっていたブルボン公ルイ二世にばったり出会った。

「どちらに行かれるのか？」

「小便をしに」

この無恐公ジャンの言葉は、当時のすべての歴史家に記録された。

無恐公ジャンは石畳の上を飛び跳ね、馬に乗って、フランドルへと逃亡した。

58　悪の領分

窃盗は愛と同じく暗がりの中で遂行される。爪先をのばし、体全体の神経をはりつめ、汗だくになって、生を感じ、快楽を期待する。

この受苦《パッション》は、死を迎える身体の受苦《パッション》ではない。盗人は失われた対象《オブジェ》を盗むのだ。

姦通の場合のように――それは盗まれた対象《オブジェ》だ――、快楽の代償として恐怖を支払う。

＊

フランス革命まで、パリでは聖週間を「苦悩の週間」と呼んでいた。

四旬節の金曜日はどれも〈受苦〉の象徴と結びつけられている。

荊冠の金曜日。

槍の金曜日。

青銅釘の金曜日。

聖骸布の金曜日。
五つの傷口の金曜日。
最初の血の金曜日。

*

「あなたがたの言葉は、「然《しか》り、然り」、「否、否」であるべきです。それ以外は、悪から来る」とイエスは言った。

人間の言葉は二項の対立関係に基づいている。すべての記号は二つずつの対立関係にある。象徴はこの二つに分割される単位を規定する。分割された二つの部分は接合され、相互にぴったりはまり、端と端とが結ばれている。然り、否。

植物界あるいは動物界で機能している差異は、人間の言語活動の源流にあり、対立的なものではない。

他性〔相違〕は何にも対立せず、決して認識されることはなく、他とは区分され、いたるところで区分を作り出す、絶え間なく、意図もなく。

*

神が言ったことは部分的に正しい。「然り、然り」、「否、否」の他にも、あらゆる言語活動には残余がある——たとえこの残余が、言語活動の後に、言語活動に先だってあったと想定されるものだとしても。言語活動の周辺に残る残余は、ひとたび対立関係が確立されれば、沈黙されたものとして存在する。この残余は悪からではなく、天国から来るのだ。

59（大きな価値のあるもの）

外の世界に出ること。それはいわば、代用品の、言語の、恐怖の、事物の古物屋に赴くことだ。

茶と赤の金属製のコマドリが緑の鳥籠から出たり入ったりしながらピーピーと鳴き声をあげている、それこそ、まごうことなきこの世界の物体《オブジェ》の一つだ。

インド人の木綿、文法、砂糖。

中国人の紙、お茶、陶磁器。

エウレカ社製のゴム矢のピストル。

リール通り五番地の、中庭の、濡れた敷石の上に落ちたマロニエの実。

憲法院院長が愛した敷石の中庭に植えられた素晴らしいマロニエの樹。

床の板上で自分の尿瓶を引っ張ってきて、母親に褒められようとそれを見せる子供。

「こんにちは、少納言！」

と清少納言に向かって言葉をかけること。

グラス一杯のワインを飲むクリスティアーネ・ヴルピウス〔ゲーテの妻〕。

＊

マリー・ルアネ〔現代フランスの歌手〕は、幼年期から彼女の中に残り続けている宝物について三冊の書物を書いた。

糸のついていない木製の糸巻き。

子供の手でももう掴めないほど小さくなった色チョーク。

マユミの赤い実。

リスや人形が食べたあとのドングリの殻斗。

天使のように舞うアザミ。

タンポポ類の綿毛の玉。

沈黙の前触れ。

60　メモの膨大な集積《コレクション》

エミリー・ブロンテは「この世はすべてメモの膨大な集積だ」と書いた。

エミリー・ブロンテはさらに「かつて彼女が生きていたことと、おれがあいつを失ったことを記したメモの！」と続けた。

ホフマンスタールは「まるで「おもちゃ袋」であるかのように、ローマ世界を参照している」と書いた。

ホフマンスタールは「ティトゥス・リウィウス〔古代ローマの歴史家〕の著作を掘り起こしてみると、そのローマ世界はより神聖で、より動物的で、より現在的だった」と書いた。

61　素晴らしく高額な絵画のコレクション

ニシンの燻製。
かじられた一切れのパン。
ネギとそれを入れた器。
牡蠣とハム。
一六四〇年の赤ワインが注がれたフルート型グラス。
タバコとパイプ。
一九世紀の一束のアスパラガス。

62　十字架のヨハネ

十字架のヨハネは、徹底的に誇示を嫌悪した。彼は、神父たちが食堂で食事をしているあいだ、もっとも控えめな務め——掃除、食器洗い——に真っ先に身を隠した。彼は騒がしい人間ではなかった。たくさん本を読んだ。いつも夜を待っていた。

彼は夜を愛した、暗い夜を愛した。休息の時間には、柳で籠を作るか、乱切刀で木を削って像を作っていた。目のあたりにすると耐えられない唯一のことは、話をされることだった。

すべては虚無である。『カルメル山登攀』の中で彼が求めた「虚無」は、『予防策』の中で明確に説明されている。

「すべての被造物は神の食卓から落ちた破片である。すべての人間のことを等しく忘れよ。彼らにひとこともつぶやいてはならない！　すべての人間は異国人だ」

彼の休日の食事。鶏のささみ、わずかなワイン。

彼が好んだ献立。サーディンとヒヨコ豆。

彼の衣服。古びた、小さめの、地味で、粗末で、擦り切れた、そのために手触りのよくなった服。限りなく手触りがよい。天候や空気の冷たさにあわせて、丸帽子《カロット》か薄布の縁なし帽《ボネ》のどちらかをかぶっていた。

　彼は痩身だった。頭は禿げていた。表情は力強く、肉眼でそこに彼の内的世界が読みとれた。尽きぬ喜び。嘆きは微塵もない。「私は幸福です」が彼の口癖だった。挨拶の時や別れ際には必ず、深く頭を下げながら、彼はまず「私は喜びに満ちている《ラエタトゥス・スム》」と口にしていた。

63　ルタ・カエサ

人間の磁力〔魅力〕は魔術的な物体《オブジエ》と等しい。磁力とは物語《コント》の特性であり、手から手へと渡される唯一の対象《オブジエ》である。それは唯一の輝き（唯一の暈光、唯一の光輪）だ。眼差しから眼差しへと伝わり、死から鉄分を引き寄せ、女から男へと引き渡され、すべての人間のための社会的なものを生み出し、歴史を作る妬み、憎しみ、欲望、破壊の輪舞《ロンド》を引き起こす唯一の輝きなのだ。

卑小な人間にとって磁力とは他者の眼差しだ。この〈他者〉の眼差しは、自己の内奥にあって、それぞれの魂がそこから自らの姿を汲み取る。それは母の眼差しと溶け合う。

書物はそこから差し引かれうる。

「自己」の鏡に映るものは、他者の眼差しのフィードバック効果でしかない。それぞれの身体の内奥には、鏡に映った身体とは別の身体がある。見られた身体よりも古いこの身体は二つに分かれているが、それでもそれらは鏡に映った身体ではない。この古い身体が二つに分かれているのは、まず生まれる時に、元の身体を二つに分裂し、それから空間内の分離を超えて、元の身体を模倣し続けるからである。これらの古い身体は、愛の対象《オブジエ》を、分裂以前の対象を、アイデンティティを与える対象を――磁力を——手に入れるため闘っている。

他者の眼差しほど、人の眼差しを引き寄せるものはない。

他者の目が向けられた場所に欲望が固定する。

同様に、欲望は人が目を背けたものを見捨てる。

引き寄せるか、あるいは目を背けるか。

注目を集めるか、あるいは注目させないようにするか。

ストレスか鬱か。

私たちの人生が続いているあいだは、これらより他の選択肢はない。

＊

ルタ・カエサとは、人が亡くなったあとの所有物の売却から外され、確保された物体《オブジェ》を指す。腕時計、父の肘掛け椅子、母の指輪、母の杖、祖母の十字架、亡き息子のバイオリン。

歯でできた首輪、聖なる壺として使われた骸骨、タトゥーの粉顔料、血統の証である頭髪。

これらの断片は、思い出を超えて、死者たちの贈り物として確保する愛すべき大切な対象《オブジェ》である。

残された者たちが埋蔵してとっておいた分け前が貨幣の起源となった。

＊

不純物がカットされたダイヤモンドのように、逸話、物語、寓話、精神医学の症例は細分化され、分割されて、カットを施されたような美しさを持っている。

古い火打ち石は、夜の暗闇の中で、斜めにして、一部を削られ、やすりがけされて磨かれ、少しずつそれ自体の輝きを増していく。

あるいはアレゴリーの力によって「ふくらむ」。それは純粋な異物《アロス》となる。

現実よりも素早い現実。最初の人間たちにとっての石はそのようなものだ。歩きながら集められた石。存在における最初の「物《ショーズ》」。元の姿よりも貴重な石。光に溢れ、周囲を照らし、自らを照らし、何かは分からないがイメージを示してくれる力。それは魅力的なカットだ。男根《ファスキヌス》が照らされ、明るみにだされ、照らされることで目立ち、明るみにだされることでそそり立つ。

スポット・ライトの投射はすでに魅力的なものだ。逸話はその不純物（つまり万人の経験）がきちんと取り除かれると神話になる。逸話を抽出し、削減し、単純化し、再コンテクスト化し、付加することで、光線が、岩場から溢れる源泉が、大きくなる性器が、死を招く矢が再び生気を取り戻す。対象《オブジェ》の背後で行われた殺害の切り込み《カット》が、目の－前の－生命の－落下を再構成する。

64 掃除されていない《アサロトス》

社会空間の中の隠遁生活は、書物の断章間に余白を残すことのようだ。

シークエンスの間に秘密を残すこと。

文章を、思考を、繋がりを、愛を終わらせないこと。とりわけ恐怖を終わらせないこと。

生は死によって何も終えられない。

隠遁生活は、猟犬たちからの退却、妬みや恐怖に対する休暇として構想されるべきではなく、戦略的な撤退、御し難い喜び、決定的な別離、自由な経験として考えるべきだ。

快楽に対する真の禁欲生活を行わなくてはならない。依存しないこと。快楽にすら依存しないこと。

どんな業務であっても遂行する公務員であることをやめること。

私は時間を探し求めた。最良の時間、予測不可能なこと、不確実な出来事の到来を求めた。

＊

原初の光景は必然的に断片から作られている。それは夢に出てきた複数のシークエンス、垣間見られた断片、注意深い観察、幻想、理解できぬもの、恐怖を寄せ集めたものだ。そこから、この光景を夢見た者によって謎がもたらされる。

この光景から生まれた人間の知覚には、この光景は永遠に不可視のままである。なんとか想像しようとする者にとって、それは絶えず断片的でちらちらと光っているものなのだ。この光景は決して確たる意味を与えてくれはしない。

＊

青い敷物のうえの籠のなかにまとめて収められたグラス、ストラスブール、一六二四年。それはザントラルト〔一七世紀ドイツ・バロック期の画家〕の師による作品だった。

ストラスブールのストスコップフは生涯をかけて、グラスを入れた籠の絵を喜んで描いた。一五八〇年のバーゼルで、モンテーニュは旅行記にドイツ人の習慣を書き留めている。それは彼らが食後、柳の編み籠に皿を重ね、使用済みのグラスを別の籠に集め、それらの籠を食卓の傍に置くというものだった。食卓は解体後、運ばれて、すぐに架台とともに収納された。

空のグラスの籠は食事の終わりを意味する。

それらは不安に思わせるほど煌びやかな夜を示しているだけではない。画家にとって、それは最後の晩餐、最後の晩餐の最後であり、夜の始まり、暴力と死の始まりなのである。

＊

モザイク作家ソソスは紀元前三世紀、ペルガモンで掃除していない部屋（*oikos asarôtos*）を制作した。この作品は大変な評判になり、帝国中で模倣された。彼は、あたかも食事が終わったばかりで、食事中に床に落ちた食べかすを集める時間など少しもなかったかのように残飯を描いた。

野菜や海産物のかす、

魚の骨、クルミの殻、牡蠣の貝殻、栗のイガ、メロンの皮の筋、

卵の殻、雄鶏の蹴爪、サクランボの柄。

＊

ジャンセニストのデュゲは次のように書いた。純粋に見える意図は慰めにはなるかもしれないが、確信を与えることはない。気づかなくとも手やテーブルから落ちる汚物が必ずある。天地創造の時から、地上の楽園が作られたときから、最初の日から、最初の人間の口は汚れていたし、その耳も汚れていた。最後の審判を待たなくてはならないのだ。建物が石なのか、金なのか、木なのか、藁なのかを知るためには、使徒が語る炎に頼るしかない。その炎が建物を試練にかけ、素材を識別するのだ。

65　シュヴルーズ公

　ある日、ブレーズ・パスカルは、シュヴルーズ公とその父リュイーヌ公がそっくりなことに驚いた。パスカルは奇妙な言い方でシュヴルーズ公に言った。

「あなたが現在支配している財産を所有するようになったのは、ほんの小さな偶然によるものだなどとは考えないでください。あなた自身にしてもあなたの本性からしても、あなたには彼と同様、その財産を受け取る権利はまったくございません。また、あなたが公爵の息子というだけでなく、この世界に生まれてこられたのも数え切れない偶然の力によるものでしかないのです。あなたの誕生はひとつの結婚によって、あるいはあなたの家系のすべての結婚によって可能だったのです。では、それらの結婚はいずれも、何によって可能だったのでしょうか。出会いが導いた来訪によってです。軽いおしゃべりによってです」

　こうした言葉で、パスカルはシュヴルーズ公に原初の光景、継承された美点、肩書き、名前、信仰について長々と語って聞かせたのだ。

＊

パスカルに先立って、マレルブが、ルーヴル城のレンガ工場と瓦工場に沿ってラカン〔一七世紀フランスの文人〕と歩きながらルイ一三世について同様の考察を行った。

「あの子供はたいそう大切にされているようだが、もし王女が事の途中で間違った穴にしていたら、シーツに落ちてきたのは汚物でしかなかったわけで、寝床をしつらえる寝室の侍女も胸が痛んだに違いなかったろう」

ラカンはマレルブが染み《マキユラ》と呼んだものについて説明している。（シーツに精液がないということは子供が失われたことを意味する。）

マレルブに先立って、モンテーニュが「怪物じみた」斑点について考察している。

＊

レーウェンフック〔「微生物学の父」と呼ばれる一七世紀のオランダの科学者〕は六〇年以上もの年月を、夥しい回数の顕微鏡による精液の観察に費やした。その精液は、彼自身が顕微鏡の下の木製のテーブルに大声をあげながら出したものだった。彼は一六七〇年初頭に、精液のなかにはっきりと泳いで移動する相当な数の小さな動物を発見した最初の人間である。

偶然、無価値、性に関する困難、気づまりな沈黙、羞恥心、嫉妬、模倣、窃盗、これらはすべての人にあてはまるもっとも個人的な特徴だ。だが、それらは誰のことも表してはいない。

*

ウーシャーは夢の中でアニルッダに身を任せた〔いずれもインドの神話にでてくる人物〕。日が昇ると、夫の姿は見えなかったが、ベッドには彼のオーガズムの跡が残っているのに気づいた。それからウーシャー姫は布団の上にひざまずいて、夫が来てくれたことを示すその小さな白い跡を前にして、前後に身体を動かし、指を割れ目に入れたのだった。彼女は、自分を抑えることができなかった。まるで月下の潮の満ち引きのようだった。

*

プリニウスは『博物誌』の中で、毎夜、自分の情熱の染み《マキュラ》をクニドスのアフロディーテの身体に残すある若い男の情事について語っている。

＊

セメレは寝床の染みをゼウスのせいにした。

ディオニソスは言った。

「私は母の寝床の染みです」

このテーマにおいて、マイナス〔ギリシャ神話のディオニソスの巫女〕とバッカント〔ローマ神話のバックスの巫女〕は対立する。シーツについた染みは猥雑なテーマである。ディオニソスは女たちを呪い合う二つの陣営に分けた。それがバッカントとマイナスだ。

バッカントはバックス〔ローマ神話の酒の神、ギリシャ神話のディオニソスに対応〕によって罰せられた女たち、妻、貴族《パトリキ》であり、誰のものか分からない雷〔射精〕を認めないすべての女、人間の性的行動の予期できない、不実な、暴力的な、無秩序な、御しがたい、非人間的な染みに対して憤慨するすべての女である。

バックスは彼女たちに言った。

「私の謎をわかっていないとは困ったものだ。お前たちは供儀よりも戦争を選んだのだ」

こうしてバッカントはそうとは分からずに自分の子供を殺し、切り裂いた。貴族《パトリキ》の母たちは自分の子供を生きたまま貪り食った。

バッカントとは反対に、マイナスは欲望を認め、謎があることを認め、秘密、自然、山、森、野生動物、往時《ジャディス》を知らないことを受け入れる。彼女たちは供儀と饗宴《オルギア》の際のディオニソスの侍女だ。皆、酒を飲むことを愛した。

66（幼年期、夜）

葦の先に酸っぱいワインの浸みた海綿がつけられている。一本の藺草。それから大きな叫び声。なぜあなたは私を見捨てたのですか、と。しかし、イエスが使った動詞はギリシャ語の福音書では *egkataleipô* だった。この動詞は、後ろに置いていく、という意味である。この動詞は、スズメバチが相手を刺したあとに皮膚に置いていった毒針に対して使われる。神はこう尋ねているのだ。なぜあなたは私を残したままにしたのだ。置き去り《デレリクション》は見捨てることではない。置いていくこと《デレリンクオ》の結果、となる。あなたはなぜこの藺草を、この毒針を、この借金を、この聖なる肉体の一部を残していかれたのか。

＊

Qui in carne sunt Deo placere non possunt.

肉体的な快楽によって魂が身体から離れない者は、神から向けられる眼差しを少しも満足させることはできない。

「なぜ」と使徒パウロは尋ねた。

「なぜなら彼らの目はイメージに取り憑かれており、彼らの耳には音が鳴り響いているから。それに、彼らの手はひどく汚れているからだ」
＊

セーヌ川源流の、古代ローマ人が復元した年代不詳の神殿（彼らはそれを女神セクアナに献納することを望んだ）には、乳房、腕、手、生殖器、頭、足が何千年も昔から積み重ねられてきた。
ヘルニアバンド、
医療用ガーゼ、
金属製の副子、
数々の物体《オブジェ》がもはや存在しない苦しみの思い出のために供えられた。

＊

人は皆、自分自身の身体を愛する。そしてその愛は世界や言語について何もかも忘れさせてくれる。

キリスト教徒はそれを罪と呼んだ。

罪とは肉体が自らに与える喜びを意味した。

肉体が自らに与える喜びは興奮できないものへと通じている。享楽のさなかに溢れ出る喜びは、心理学的ではない物悲しさに圧倒される。そうした物憂さが引き起こす恐怖には抗いようがない。逸楽のなか、突然、何かが死ぬ。縁から離れる。離岸する。溢れ出るもののなかで、溢れ出ているのは生命そのものだ。生命そのものが自分から離れていく。生命が自らに別れを告げる。再生不可能なものへの感覚は、泣きたいという欲望と繋がっている。泣くことはなお身体が自ら溢れ出ることのひとつの方法なのだ。それは最後の手段ですらある。射精のときに死んでしまう動物がいることはよくわかる。過剰によって何かが終わるのだ。もっとも激しく愛するとき、それを感じる。何かが過剰のために終わったのだ、と。

過剰によって終わった何かの傍にとどまり続けること――生命の残余――もある。

*

裸体の中に認められる「過去」とは何か。

裸体の中で「過去」と対立し、欲望の中に回帰する「純粋状態の往古《ジャディス》」とは何か。

二つの〈往古《ジャディス》〉がある。幼年期と夜。

二つの認識不可能なものがある。まだ言語化されていない記憶の中の認識不可能なもの。呼吸と光が与えられる以前の不可能な光景の中の認識不可能なもの。

幼年期《インファンティア》。胎児の夜《ノクス・ヴィヴィパラ》。

*

パラダス（『パラティナ詞華集』、X、四五）〔紀元前四世紀のギリシャの詩人〕は次のように述べている。お前を生み出した暗闇の戯れを思い出せ。お前は感情の突発と液体の一しずくの産物だ。星のきらめく、不滅で神々しい天の息子、それはプラトンの夢想である。我に返り、疑い、もっと近くから見よ。離れたところで、恥じらい潤んだ肉体の奥底に粘液が滑り落ちる。それだけだ。ああ、皺になったシーツと暗い時間の痕跡。

67　（夜の静けさ）

夜の静けさは失われた対象《オブジエ》だ。
動物に固有の、鳥に固有の、夜の静けさは、自然発生的な、自然のままの、失われた対象《オブジエ》だ。
私は夜の中へと入っていった、庭の暗がりの中へ、鳥たちはもはや飛び立つことなく、歩いている、
黙ったままで。

68　死の間《ま》

猥雑なものについてじっくりと考えを巡らせ、私は死の間《ま》を定義しようと試みた。

それは時間の心臓。

音楽の奥底で脈打つ心臓だ。私はすでに半ば分裂した、あの最小の空間《スパチウム》を探している。時間がその運動をはじめる前に脈打つことができる最小の空間《スパチウム》を。

最小のものが、あらゆる狩り立てよりも先に動く。

現象の次元と私たちの感覚の次元とは異なる。あらゆる関係、物理的なものですら、すでに隔たりが生じるのだ。放電、稲光、放電によって引き起こされた耳にまで響く空気の振動、それらは同時に生じるが、しかしその知覚にはずれが生じる。雷鳴は稲光と同時には知覚されない。人間はこの音の中断のなかで自らの言語を発見した。この「象徴以前の死の間《ま》」のなかで自らの不安を発見したのだ。

脅威と恐怖のあいだのずれ。

捕食という積極的な死に向けての待機。

人間は、稲光の光景と雷鳴の音のあいだで、自発的に手の指を頼りに活動した動物である。

存在のなかの時間の遅延という存在が人間だ。

人間は、死の可能性によって常にさまざまな形を与えられる未来のせいで不安を覚えてしまう、時間のずれた存在なのだ。

この広がり《ディステンチオ》〔ずれ〕は心配《クラ》である。人間を作り出すもの、物語の核にあるもの、それが広がり《ディスタンシオン》である。終わりのない好奇心《クリオジタス》を生み出すのが心配《クラ》だ。この二重性はすでに性的二形や男性の欲望の多形性（排尿するペニスと射精する男根《ファルス》のあいだの広がり）のなかに現れている。

*

R・マクドゥーガルは一九〇三年に発表した論文の中で、途切れない反復が生じるとき、連続した二つのリズムグループを分かつ非常に特殊な沈黙を、「死の間《ま》」と呼ぶことを提案した。二つのグループを分ける沈黙は、「終わり」から生まれて「始まり」で中断される、ただし、知覚においても現実の継起においても存在しない、矛盾した持続である。のちにアンリ・ベルクソンは「チック・タック」の例を取り上げている。それは、現実の中における想像的な切り分けに対して与えられる時間の名前だ。ソルフェージュでの連続するリズムの中の休止の機能は、実際には同じものではない、というのも、死の間の場合、支点とすべき客観的な休止はないのだから。

人間の言語を書き込むときの句読点の役割も、その本質はほとんど意味に関するものであるので、理解を深めてくれるわけではない。

マクドゥーガルが言う死の間は、人間の言語に固有の矛盾した沈黙である。それはまた、不可視の光景における不可視なものと同じくらい目に見えない。不可視の光景において、言葉を話せる人間は、無意志的に自分の起源となる点、性に関わる謎めいた点を夢見るのだが、その点は通時的に不可視であり続ける。それは実際には起こらない韻律の中断である。

自然学を超えたもの《メタ・タ・フュシカ》〔形而上学〕——知覚可能な現象の物理的な連続を超えたもの——という言葉が前提とする虚無の並外れた働き。

ホモ・サピエンス・サピエンスの脳内に幻想を引き起こす、自然言語の誕生に起因するという、純粋に空想上の空間。

＊

音楽におけるディエーズ〔la dièse：音と音のあいだの最小限のなめらかな移行〕はエクリチュールにおけるこの空間に似ている。古代ギリシャ語でディエシスとは二つの間《ま》のあいだの移行を意味する。

現在は少しも存在しない。魂は純粋な広がりであり、一つのイメージ、一つの思考、一つの強迫観念にとらわれるたび魂はそのイメージ、思考、強迫観念へなめらかに移行《ディエーズ》する。

＊

夜中の勃起はほとんどの哺乳類に関わる事象である。勃起は眠りと同期するが、閉じたまぶたの下では眼球が高速で動いている。非意志的な光景と非意志的な勃起とは相互に関連している。クリトリスや男根《ファルス》の膨張や勃起は八五分おきに二五分間ずつ反復される。こうした現象は幻覚によるイメージとは直接的には関係ない。性器を立たせ膨らませるには夢の活動だけで十分である。いわゆる通常の夜の場合、四回の緩やかな等間隔の波形の周期が、迅速で、リズムの狂った、幻覚と勃起を引き起こす連続運動と交互に生じる。

　二つの極めて対照的な運動――ラルゴ〔ゆるやかに、幅広く〕とスタッカート〔短く切って〕――のソナタ。

*

　性交は、短さと隔たりの中間にある。それは脱自=恍惚《エクスターズ》だ。時間は数や言語活動から離れ、無時間のほうへ向かう。オルガスムは、ほんの一瞬という以上のもので、あらゆる幸福な静止《スターズ》状態を示す。それは時間の計算の外に出た《エクスタティック》地点なのだ。「対象《オブジェ》」を前に三回から四回、五回、七回と「射精」の振動が起こり、それが人間の作り出すあらゆる音楽のリズムの基礎となる。

*

　私は奇妙な膨張《インフラチオ》のことを思い起こす。私は昂揚した現実が固くなるのを待つ。吸う《フェラーレ》、吹く《フラーレ》、男根《ファロス》。フロ〔flo〕は息を吐くことを意味する。膨らませながら形ができること、これが中に《イン》-吹き込む《フラチオ》である。それは、ガラス職人がグラスに形を与えるときの、並外れた作業である。

　昂揚し、膨らまされ、光に満ちた現実、暈光をまとい、影像制作の金箔に近いが、それよりも眩しく輝く特殊な染料で染められた現実。

性《セックス》は非歴史性を求める。

ひとたびまとっているものを剥げば、現れるのは文明の欠如だ。原初的なもの、野生のもの、現行のもの、発展しないもの。

＊

小セネカは書いた。「人間は幸福ではなく拡張《ディラタチオ》を求める」。こうして、彼は自分が感じる二つの大きな喜びが飽満と逸楽であると述べた。

人間は自分の肉体の拡張のことしか考えていない。

ユウェナリスは書いた。「男も女も誰もが寝床に「かつての温かい場所」を求めている」

69　婚約

一七世紀初頭のフランスでは、結婚の秘蹟を「現在の誓約《パロール》」と呼んだ。将来の新郎新婦が交わす約束の言葉《パロール》であり、それを言い終えてから、肉体関係が結ばれていた。愛する者たちが言葉で交わした誓いが、性交によって現実に遂行されていたのだ。つまり言葉と性の二つのやりとりが行われていたのであり、両者を分けることはできなかった。

一七世紀の間に、フランス・カトリック教会は誓い（信用、効力のある信頼、婚約）の遅延を課そうとした。誓いの遅延によって、言葉のやりとりと性的なやりとりのあいだにあらかじめ期間が設けられ、教会はそこに入り込むことができたのである。

それまでの「現在の誓約」における言葉と行為の結びつきを破るこの中断を、教会は「未来の誓約」と呼んだ。

フランス・カトリック教会に次いで、君主制がこの遅延の約束に親の同意を課すことにした。そうすることで、世俗的な監視の期間が設けられ、その間に世襲財産処理、公証人職務、税務などが執り行われる。この場合、時間的な遅延ではないものの、二つの時間的関係が問題となる。若い人から年長者への権限譲渡と遺産の相続分の予測である。

一〇〇年ほどの間に、国家と教会は結婚という秘蹟のなかにより深く介入することになった。本来なら、私的空間において言葉によって肯定され、身体によって実行される性的なやりとりである以上、国家にも教会にも全く関係がない事柄であったにもかかわらず。まずフランスの教会権力が、未来の誓約《ウエルバ・デ・フトウラ》が結婚と同じ効力があることを認めた（別の言い方をすれば、キリスト教徒の新郎新婦は、小教区の中で公に語るだけで、ある意味すでに肉体関係を持ったことになる）。次いで、行政権力が情熱に関する議論を削除し、略奪婚を禁止した。つまり、フランス王国におけるあらゆる婚姻関係は、「婚約の誓約」によって先に結ばれなくてはならなくなった。

最後に、かつての「現在《プレザン》の誓約」に含まれていた「その場にいること《プレザンス》」が三つ目の遅延を被ることになる。経済発展と人口増加から、宗教機関や行政機関が結婚の日取りを調整するのに日数を要することになったのだ。一七世紀から一九世紀にかけて、はじめての性交は思春期の年齢〔身体的な大人の年齢〕よりも五年、一〇年、一五年、二〇年と遅くなっていった。

「独身者の性行為」が一人で行われなくてはならなかった。

こうして、フランスの思春期を迎えた成年たちは〔性交・結婚を〕未来に先送りにされ、長いノイローゼの期間が生まれる。若者たちは禁欲的になり、自慰をし、偽善者ないし聖人になり、婚前契約〔結婚をする前に結婚に関する取り決めをしておき、契約書・覚書を作成しておくこと〕を行い、親、学校、教会、医者、行政、軍隊、政治といった権威によってますます幼稚にされていったのだ。

＊

幼年期から死ぬまで《インファンティア・ウスクエ・アド・モルテム》。集団のなかで、誰もが死ぬまで囚われ続ける沈黙した巨大な基盤を幼年期と呼ぶ。

人間は、この長きにわたる非言語的な刻印に囚われている。その後、その刻印をもとに言語を習得し、たいていの場合、生まれた時と同様、死ぬ時にもそれを失うことになるのだが、その言語活動よりも、人間はこの長きにわたる非言語的な刻印に囚われているのである。

この未完成は生まれながらのものである。物理的時間がそれを基礎づける――それに加えて人間には生物学的な未熟さがあり、言語活動は必ず欠陥を抱えている。不十分であるために、際限のない馴致を求めることになる。

*

存在する《エグジステ》ことと脱自＝恍惚《エクスターズ》は同じ成り立ちを持つ。外《エク》での－存立《シスタンス》、外《エク》での－停滞《スタシス》、はいずれも、以前の状態の外に出現することを意味する。固まった溶岩が持ち上がる、それが往古《ジャディス》の出現様態である。それが以前の状態《スタトウス・クオ・アンテ》を引き裂く。かつての時間の、絶えず荒廃をもたらす噴出。

もはや部分ごとに存在するのではなく、すべての脱自＝恍惚《エクスターズ》を再統合し、身体の中のあらゆる出口を真ん中に集結させ、あらゆる融合を空間、海、空、森、雲、川、快楽、夢の中で再融合しながら存在すること。

それはビエンヌ湖畔でルソーに起こったことだ。

私たちが自然をじっと見るとき、眼前にあるものを見ているだけではない。私たちの背後にあるものを、私たちの源流に、往古《ジャディス》の時間にあるものを、私たちを運び、私たちの中を貫流するものを、私たちを包み、私たちを隠しこむものを見ているのだ。

*　　　　*

ベートーヴェンの曲のあとに残る沈黙は、やはりハイドンのものである。

70　シャレー伯のマント

私たちは、天空を回転する宇宙が、不安定なものだとは信じがたい。私たちは宇宙を作る原子や惑星が、宇宙を計測する瞬間が、宇宙を見る眼差しが、相対的には整合的だと考える。因果関係を必要とすることは、合理的というよりも徴候的だといえる、理性そのものもひとつの徴候であることはおいておくとして。この世界に生まれたにもかかわらず、一人では生きられない小さな哺乳類の脆弱さこそ、因果関係が必要とされる第一の理由である。自然言語の無意志的な習得によって、語り《ナラティブ》の次元を必要とすることで、因果関係の必要性が少しずつ生まれてゆく。

人間が建てた家は、幻覚、麻薬、恍惚、譫妄をもっぱら生み出す場所だった。

物語は、社会を戦争や荒廃へと巻き込む時間を存続させる。

プロットは連続性を回復し、一人の人生がもつすべての逸話を、性的衝突や死へと転換する。

裸体はヴェールで隠される。

歴史はさまざまな旗——犠牲者を惑わす布で溢れている。

フェネオンは述べた、フランス国旗は、この国のぼろ布以上でも以下でもない。

暗がりのなかで息を詰まらせ、牢番に日の光を禁じられている、古い野生のかけらに、シルクのドレスがかけられる。

闘牛の頭と面と向き合うとき、本性を刺激するために、闘牛の眼前には布が示される。

＊

もっとも古いマントは地殻だ。四〇億年前に生じて以来、この往古はほとんど持続的に姿をあらわしてきた。なぜ、この大地の塊が、多くの時代を経て、絶えず増大し続けてきたのかは分からない。いつまでこの固い大地が、足もとで、木靴の下で、動物たちの四肢の下で、エビやカニのはさみの下で、増大しつづけるのかも分からない。

海という「動く裸体」を犠牲にして、「マント」は増大し続ける。

＊

Omnes, ut vestimentum, veterascent. Et velum amictum mutabis eos. Et mutabuntur.
すべてのものは、衣のごとく古びていく。そしてそれらをあなたはマントのように巻きつける。これらのものは〔衣のように〕変化する。

＊

昔の日本では、縁日は開帳と言われていた。開帳は、幕が開くことを意味する。祭りは、寺院の宝物庫の中から一枚の絵を取り出すことで始まる。自らの夜から取り出された絵は信者たちに見せられた。すべての人がこの絵を見終わったら、商人が屋台を組み立てた。開帳（ラテン語では啓示《レウエラチオ》）では、小屋の中で数多くの見世物（人に見せるもの）が行われた。小屋は、竹竿で組み立てられ、そこに簾がかかっているだけのものだった。

小屋の扉の上には幟や張り紙や旗とともに短い布がたなびいており、小屋の中で見世物にされている怪物の名や、離れ業、手品、曲芸の題名、美濃和紙にうつされた影絵、米粉でできた人形、からくり人形、小人、ガラスに絵付けされた物語の情景などの文字が踊った。

*

一六七一年二月一一日、セヴィニエ夫人はグリニャン夫人宛の手紙に次のように書いた。「私があなたを匿《かくま》う緞帳だなどと口にして欲しくはありません」

*

聖ヨセフのマントは、亜麻布《リンテウム》ではなく、マント《パリウム》（外套）である。

ポティファル〔『創世記』に登場するエジプト王宮の近衛兵長〕はファラオの侍従だった。ヨセフはポティファルの奴隷で、ポティファルの代わりに宰相をつとめていた。ある日、ポティファルの妻がヨセフと二人きりになった。彼女は寝床に横たわっていた。突然、彼女はドレスをまくしあげ、奴隷に対して欲望をあらわにした。ファラオの奴隷は後退りした。それから彼女はヨセフの外套《パリウム》を掴んだ。彼女は小さな声でささやいた。

「私と寝なさい」

しかしヨセフは再び断った。

すると彼女は両手で、彼の外套をつかんで、なおこう言った。

「私と寝るのです！」

彼女は両手で外套を引っ張ったが、ヨセフはそれを脱ぎ捨て、逃げ去った。彼女の手に残された外套(*relicto in manu ejus pallio*)は、ポティファルの妻にとっては、ヨセフを破滅させるための証拠品となった。彼女は自分をかどわかそうとしたかどで、ヨセフをファラオの牢獄に入れた。

レンブラントは驚くべき手法で、一六三四年にこのやりとりと場面を描いた。

＊

昔の日本の貴族の女性は、運命の男性に出会ったときには、「下着」を押さえる紐がひとりでに解《ほど》けると考えていた。

＊

誰もがカードゲームに興じていた時、アンリ・ド・ブルボンはシャレー伯の半ズボンに手を入れてきたので、シャレー伯は自分のマントでこの行為を隠そうと気遣った。だがシャレー伯は、アンリ・ド・ブルボンが何をしようとしているのかを見てもらおうと、カードに興じている周りの人間に合図を送った。彼は突然、自分のマントの裾を上にあげて、王子の手が自分をまさぐり、勃起させようとしているところを見せた。

71　皇帝ヘラクレイオスの露出した睾丸について

サン＝マルタン・ドゥ・トゥールの神父たちが小さなカッパ〔聖職者が身につける袖のないマント。ケープと同じ〕を着用していたため、フランス国王は八〇〇年にわたって「カペー王」と呼ばれていた。

「カッパ〔ケープ〕」を身につけた」国王ということだ。

守護聖人はこの青い布地の端を破り取って、トゥールの貧しい者に与えた。

フランス国旗の青はこの聖マルタンの青いマントに由来する。

ユーグ・カペーは神聖なる神の場所であることを考えて、教会の暗がりで自慰にふけっていた二人の男を、自分のマントで覆った。

＊

ウォラギネ〔ヤコブス・デ・ウォラギネ。中世イタリアの年代記作者・大司教〕は次のように書き記した。「皇帝ヘラクレイオスは、我らが主イエスの受難を模倣しようとして、侮辱を受けることを望んだ。彼は自分の馬を捨てた。自分で靴を脱ぎ捨てた。緋色の縁取りが施されたトガ〔古代ローマの一枚布の上着〕をゴミの中へ捨てた。彼は腰巻だけを身につけており、生殖器の膨らみが目についた。それから彼は一人で、剥き出しの肩に、神の十字架を担いだ。彼は慎ましく内壁へと近づいた。彼は木製の十字架を担ぎ、石の内壁に触れた、するとすぐに、壁の中に扉が開いた」

アレッツォの教会〔サン・フランチェスコ教会〕の内陣の壁に描かれた、ピエロ・デッラ・フランチェスカのものとされる素晴らしいフレスコ画に、皇帝ヘラクレイウスの睾丸を見ることができる。

72 (化石)

私は古物が好きだ。例えば山。

山とは、巨大なものである以上に、年齢を重ねた事物である。

山の生活は季節のサイクルも、年齢のサイクルも知らなければ(もちろんのことだが)有性生殖も知らない。

*

時間の地層は化石を含んでいる。

自然のかたちで、山の生命が残した、きわめて雑多な要素からなる遺産の大部分は、すでに、一九世紀から二〇世紀にかけて、人間によって地表から消し去られてしまった。

とても古くて、乱暴に売り飛ばされてしまった、ひどく奇妙な家。

不定過去《アオリスト》は、その不定という性質を失ってしまった。

往古《ジャディス》は鳥の姿で飛び立つ。しかし鳥はそれ自体、天空に残されたトカゲ目の化石である。

＊

宇宙は哺乳類ではない。宇宙は起源を知らない。誕生も、誕生以前の懐胎も知らない。自ら溢れ出して、出現したのだから、自分に先立つ時間さえ知らない。

無について考えることができないのだ（光と闇の爆発に先立つ無について）。

時間に先立つもの、とは矛盾する表現だ。

胎生動物の、哺乳類の論理を、論理以前にまで敷衍することはできない。

一九三〇年に着想されたビッグバンは、世界の限界でも、時間の限界でもない。

起源なき起源。

「言葉を持たない者」の小さな物語《コント》、私たちがいつもそうであるような。

見ること以前（それは不可視のものでしかない）の想像上のイメージ。

＊

原初的なものは時間を知らない。それは端緒なのだ。

化石が放つ威光は、生命以前の、不定過去の表情だ。

哺乳類が性交する様は、それを目にする哺乳類を必ず感動させる。ペニスにのぼる精液、乳房にのぼる乳は、私たちのなかの起源から、私たち自身へ向かってくる不定過去の高揚のもっとも感動的な証拠である。噴出、満ち潮、満ちていく月――強い感受性それ自体が、こうした痕跡の痕跡なのだ。わずかに残った異性接触欲が魅力を生み出す。触れるとは、空間を現実的に縮めることなのだから。

*

到来するものは、過ぎ去るものを追い払う。往古《ジャディス》は摩耗してゆく過去を追い出す。〈往古〉とは〈時〉〔fois：英語の time に相当し、「～度」、「～回」、「～倍」などを表すことができる〕そのものであって、他の時をもたぬ時である。止まることのない時、自らに先立つ時を知らぬ時だ。「昔々……〔Il était une fois：「かつて一度あった」というのが直訳で、昔話を語るときの常套句。英語の Once upon a time に相当する〕」という言い方で示される時。物語作家は「かつて二度あったが……〔Il était deux fois〕」とは言わない。「何度かあったが」とは決して言わない。

*

コロンビアのアマゾン川流域に住むタトゥヨ族は物語《レシ》をケティと言った。神話のことはケティブケナと言った。ブケナとは古いという意味だ。したがって、〈古い物語〉あるいは〈古人の物語〉と理解しなくてはならない。

同様に〈老人〉である〈ブケナ〉にも、さらに古い人がいる。しかし、老人よりもさらに古い〈古人〉のことは〈新人〉と呼ばれた。その理由は次の通り。最初の人間を〈新人〉と呼ぶのは、身体の色が脱皮したばかりのアナコンダの鱗のように輝いていたからだ。

往古《ジャディス》は脱皮し続ける。

しかし、往古の脱皮は秘密に行われ、場所もわからなければ、予期することもできない。

竜巻が起こるように、時間の嵐が生じるのだ。

＊

動物の脱皮《ミュ》と声変わり《ミュ》にはひとつの参照項がある。性器の変容《ミュ》だ。

往古《ジャディス》＋新しい＋色彩＋大きい＋強い＋低い声（声変わり）、白い涙：男根《ファスキヌス》〔魅惑するもの〕。

今《ヌンク》＋精気のない＋しなびた＋たるんだ＋沈黙した、黄色の尿：ペニス。

＊

働きかける行為、行為する行為、それが原光景だ。人間の認知にとって、性行為はあらゆる活動の参照項である。性行為はあらゆる認知の参照項ですらあり、認知そのものである。現実の作用〔現働態〕に関して言えば、行為ほど現実に作用している現在はない。行為は現実のなかに生きた新しさを生じさせる。

＊

原初の経験を語ることはできるのか。主体のない、対象《オブジェ》以前の経験を語ることはできるのか。誕生以前の感覚を語ることはできるのか。ノエシス以前の思考を語ることはできるのか。言語以前の言語活動を語ることはできるのか。多幸感、液体の飽満、夜に包まれること、といった感覚経験を思い起こすことはできるのか。永遠なる均質性、免責、充足はそのような感覚経験の特徴であろう。

世界はまず口のまわりに、次いで顔にあらわれ、それから四つの手のひらの中にあらわれる。

それから、何も見ていない内なる目が、あらゆる感覚と喜びを感じ、それらを連携させ、身体を一つに統合する。

73　時間にふくまれる物

時間そのものはひとつの物《ショーズ》ではない。存在は物と関係をもつが、時間は違う。時間が物体《オブジエ》（水時計、砂時計、寺院、教会の鐘、町の鐘塔、大時計、腕時計）にならないからではなく、時間そのものに触れることができないからだ。具体的な時間そのものを見ることは決してない。時間は宇宙の中に見出されることはない。なぜなら宇宙に先立っているからだ。時間は宇宙を包含する。宇宙は時間から溢出する。変容するもの、生まれるもの、現れるもの、死ぬもの、不意に出現するもの、摩耗するものとは関係なく、時間はこの〈あらゆる到来に先立って出来すること〉の中を前進する。時間とは、あらゆる到来する事物の源流にある到来そのものだ。

＊

性交の後、肉が身体のなかに退却する。物体《オブジエ》が戻ってくる。時間以前のリズムは止まった。それは無だった、本当の意味で。魅惑する物《レム》は何でもないもの、取るに足らぬものに戻る。羞恥心という服を纏うのだ。変化をもたらす波は過ぎ去った。〈往古《ジャディス》〉は溢れ出た。過去、言語活動、社会的時間の感覚、現在の維持、以前の状態《スタトゥス・クオ・アンテ》に対する偏執、すべてが街の喧騒、街路、市民、言葉、物体《オブジェ》、世界とともに戻ってくる。

*

凍った水とドライアイスでできた彗星は、太陽系のなかでもっとも古い物体《オブジェ》である。それは天空を進行する本物の氷山だ。彗星の長いコマ〔彗星頭部の星雲状に光がひろがって見える部分でガスやダストからなる〕は、太陽に近づくにつれ、宇宙空間の中で氷が昇華されることで発生する。地上の一〇から一五パーセントの水は彗星からのものである。私たちは宇宙空間の中を「さまよう解体した往古《ジャディス》」をコップに入れて飲んでいるのだ。

74　ヴァランド

美術館に保管されているのは美ではない。墓地に埋められているのは死体ではない。寺院に顕示されているのは神ではない。観照は使われなくなった物体《オブジェ》に向けられる。それは母であり、母の場所にある往古への欲望であり、空《から》になった母の腹だ。洞窟のなかですら、影の溜まった場所が身体を惹きつけていた。急に使われなくなった物体《オブジェ》に接近しすぎることを禁じるのは、近親相姦への畏怖による。近親相姦への畏怖は、接近しすぎることを禁じることで、喪失を作り出す。喪失が物体《オブジェ》の存在を明らかにする。使われなくなることで、嫌悪を催させるもの、恐怖させるもの、呪われたもの、聖別されたもの、聖なるものが明らかになる。

＊

夢は失われた物体《オブジェ》である。すぐさま、その夢を思い起こそうとする言語活動の中へと消えていく。あるいは、その夢を飲み込んでしまう忘却の中へと消えていく。

失われたものは露わにはできない。真理にとって裸体はなく、忘却のない場所もない。夢にとって暴露〔＝ヴェールを剥ぎ取ること〕はない。

私が生きていた国は失われた。

ヴァランドとは、アイスランドの戦士が作ったサーガに登場する国でフランスを指す。

フランス語で、はじめて男という言葉（omne）があらわれたのは、九八〇年のことだ。

女という語が確認されたのは一〇八〇年だ。

個人的事象の根絶は、シミアン、フェーブル、ブロック、ラブルース、ブローデルとともに一九〇三年に始まった〔歴史学のアナール学派の研究者たち。アナール学派は大人物による個人史ではなく、民衆の生活文化・集合的記憶など社会全体のダイナミズムを捉える歴史学を提唱した〕。

75 （ヨンヌ公園）

ヨンヌ公園の端、木の浮き橋の手前、ハシバミの薮の向こうに大きな柳の木がある。近づくと、川の中に葉の先が浸かっている音が聞こえてきた。

時折、私は水をパシャパシャと叩く足音を耳にした。私はさらに歩き続けた。生い茂った長い柳の枝のまわりをぐるりと回った。下方には、スカートを捲し上げて、水の中まで続く石段に座っていた女性が、足で水を叩いていた。

ある日、私は彼女に、一人で川辺にいるとき、どうしてピンと伸ばした足でそんなに強く水を叩くのか尋ねてみた。

「ずっと綺麗でいるため」

水中の足は、深さのせいで、遠く離れ、美しく見えた。

足は水中で本来の形を失い、魚の丸い口を呼び寄せていた。

76　ギルランダイオの女

私は姿形の無いあれを探した。私は声のない〈あれ《アエク》〉のほうへと向かった。言語活動は被服でしかなく、裸にすることはできない。覆うもの、自己の同一性を信じるものの完全なる喪失。常軌を逸した非時間が私の運命だ。

　類似性のないものの中に完全に消失する。

　ギルランダイオの絵画にはどれも一人の女性が描かれており、その女の身ぶりは自分だけに向けられたものであり、自分にしか感じられない風に、描かれた場所のどこからも吹いていない風に女は支えられている。

　私はこの風について書いているのだ、無から発生し、ただヴェールを持ち上げるだけのこの風のことを。

*

夢、恍惚、精神生活の実行、読書、欲望は時間を知らない。内的経験は私的なものですらない。それはあらゆる夢想と同じ。主体の外だ。

夢の中で主体は現れるが、他のイメージの中にある一つのイメージとして、三人称で現れる。

夢は時間の外にあるのだと思う。固定された眼差し、止まった姿勢、途中で妨げられた動作、ありきたりのメッセージ、謎めいた動き。プラトンは次のように述べている（『パルメニデス』、一五六c）。時間において瞬間とは、場所なき場所（アトポス）を場としてもつ。この意味で、瞬間は不動ではないが、ほとんど不動である。瞬間は無時間ではないが、忽然である。

瞬間とは忽然《エクサイフネス》である。即座の純然たる死んだ間《ま》。

いわば事後的にしか経験することのできない充足。光景はその感覚から引き剥がされることで、ほとんどその経験からも引き剥がされる。恍惚＝脱自とは、身体の外に、場所の外に、時間の外に、表現の外に、そして感覚の外にすら脱け出ることだ。恍惚状態に特有の無感覚がある。

＊

盗人は十字架にかけられた男に告げた。

「*Memento mei cum veneris in regnum tuum.*（あなたが自分の王国に到着するときには、私のことを思い出してください。）」

亡霊の力に翻弄され、ただ感じた印象から言葉を選んで言ってしまうことがある。

あるいは女性形への一致の原則から、なんとしても語尾を女性形にしておきたいがために、その前にくる名詞のリストを作り直すことがある。

——*In memoriam facietis.*

「私を記念して、それを行いなさい」。イエスは自分の受難が始まる際、やはりそう言った。

例えば、*étaient*（動詞 étayer〔支える、強固にする〕の現在形）よりも、*étaient*（動詞 être〔である〕の半過去形）のほうが、形に関してはより確かで、より揺るぎないといえる。理由はおそらく、yの文字が吸収され消えたからだろう。半過去形（ils étaient ＝彼らは〜だった）がもつノスタルジーと無力感とは対照的な現在形（ils étaient ＝彼らは〜を支える）の意味や直説法もその理由だろう。同様に、男性器は愛のさなかで大なり小なり充実したものとなるのだ。

＊

一九〇二年、ロダンはムードンでリルケに語りかけたとき、断片《フラグマン》ではなく肉片《アバチ》という言葉を使った。

＊

穴のあいた断片的な生が謎めいた相貌をまとうのは、流れゆく生あるいは不完全な生であるからだ。溢出することの中断。形は衰弱する。死すべき動物性。幸福な狩り。不完全さの喜びは、真の生殖の喜びだ。不完全さの現実感覚に到達しようとして、私は性的な衝動を求める。私は形そのものの中に具現化される不安に満ちた興奮を求めるのだ。書物に書かれた題材は、性の不完全さ〔満たされなさ〕と同じくらい驚異的なものである。魅惑《ファシナン》するものの根源には次のことがある。男根《ファスキヌス》は籠の中に置かれ、この籠は布で覆われ隠されている、など。窃視とは、つねに断片的で、よく見えず、光があまり当たらない場所、近すぎるか遠すぎる物体《オブジェ》、全貌の捉えられない光景、ぼんやりと形が定まらない様子である。

小説は描写することが不可能なジャンルである。

五感が世界から感じとることのできる以上に、感覚的な何かが得られるよう、真と偽が相互に付け足されること、それを私は望んだのだった。

*

スタンダールは窃視の神だ。スタンダールのすべての小説は、他の誰にもまして、見られることなく見る方法を熟知した神のごとき主人公を描いている。
裏箔を張らず片側からしか見えないガラスを通して、
油にひたして透けた紙を通して、
覗き穴を通して、
ムシャラビエの小幅板の間から、
閉めたカーテンの隙間を通して、
よろい戸の菱形の隙間から、
通りから室内が見られないほどに眩しい可動式の金属サッシの間から、
そして、とても込み入ってはいるが、レンブラントの絵画の縁飾りに錐を使って開けた小さい穴から。
姿が見えないことだけが、エロティックな興奮に身を委ねることを可能にし、目にした光景と快楽とを、夜見る夢のなかと全く同じように、一つに結びつけるのだ。

その手をマントの端に伸ばすことを途中でやめてはならない。
鍵をしめ、閂をかけても、キッチンの扉の一番下についた小さな扉を通って入ってくる猫のように。

*

*

ハイドンの庇護者だったフランツ・ヨーゼフ・マクシミリアン・ロプコヴィッツ公〔一八世紀オーストリアの貴族〕は、ベートーヴェンの庇護者となった。ウィーンにある彼の宮殿の一階にある、小さな一室の窓の右側に、鏡を取り付けさせ、見られることなく、彼は通りと通行人の様子を眺めた。彼は鏡の前に何時間も座り続けた。

77　お別れするもののリスト

お別れするもののリストとは何か。それは買い物リストの反対だ。買い物リストの反対とは何か。それは小説だ。

＊

トースター、
茶色の菱形模様のついたガーネット色のラジオ、
ハンガーにかかった二着の毛皮、
マンドリン、
山積みの深紅のハードカバーの小説、
ビヤール・ニコラ〔一九世紀末に考案された、ポンプで空気を送ってボールを他のプレーヤーの穴に入れるボードゲーム〕、
チェス盤、

三輪車、
ジェラール・スゼー〔フランスの声楽家〕の黒いビニール盤レコードの山、
銀製のソース入れが一つ、数枚の銀製の皿、何本かの大きなスープ用スプーンのみ、
山積みになった埃だらけの『ライフ』誌、
ホッケーのスティック、
アイススケートのシューズ。

*

ジャン＝フィリップ・ラモーの曲を弾くマルセル・メイエのレコード。
釘で留められ、埃をかぶったグレーのボクシンググローブ。
秋の森の香り。
水で湿って踏み鳴らされた落ち葉の絨毯。

*

ユーカリの木の下に敷かれた砂利の上を引きながら、柵のほうへと運ぶときのゴミ箱の匂い、
缶詰を開いたときの匂い、
雨が上がったあとの錆びた鉄の香り、
錆びたビスケット缶の粉っぽい匂い、

野菜の葉や茎、果物の皮の匂い
嘔吐物の匂い、
鶏ガラの匂い、
カビ、キノコ、森の匂い。

78　（名前を授かっていないもの）

言葉を話す人間は矛盾したことを口にする可能性がある。感じる人間は、矛盾した感覚を自由にもつことはできない。私たちの内奥には、私たち以前の時代の何か、私たちの中にある動物性以前の何かが隠されている。この隠されたものは、それ自体、自ら隠されているとは知らないのだから、秘密として隠匿される必要はない。この隠匿は私たち自身の誕生以前にまで遡る。それは、私たちが自分自身を広げる環境であると同時に、私たちを通してそれ自身も広がってゆく環境に対する、隠されたものの存在様態なのである。別の性が別の性に対して隠され、別の性を持った肉体にとって汲み尽くせない発見となるだけでなく――それと同時に――いかなる顕現《エピファニー》の可能性もなく、痛みを与える黙示録となるのに似ている。

私は実現することのない「可能性」のことを語っている。

私たちの奥底にはある本当の秘密が揺れ動いており、私たちの生はその秘密に捧げられている。

太陽の放射線に対する感受性という、別の感覚にも名前はない。

私たちは、目に見える光景よりも先に圧力を、後悔よりも先に溶けた化学物質を、苦しみより先に熱変化を知覚する。

人間の舌は、甘さ、苦味、塩加減、酸味を探るしかない。

人間の舌は、元来、味覚という能力だけに集中するものである以上、ただ幸福を探るしかない。

79（ベルクガッセ通り）

演奏しながら時間を過ごすと、時間のなかの何かが過ぎ去るのを止める。指の関節痛や、デュピュイトラン拘縮〔手のひらから指にかけてこぶやしこりができ、徐々に指が伸ばしにくくなる病気〕、喉の奥までの呼吸の困難や唇の出血を超えて、喜びが表情に戻ってくる。

魔法にかけられた時間が連続を飲み込んだ。

冬、夜明け、ベルクハイムの教会階上のオルガン席で、明かりを灯すことなく、闇の中にとどまり、前後に身体を揺らしながら、目を閉じて、私はただ足だけで演奏をはじめた。まずとてもゆるやかな、弱くて暗い低音で、自分の奥底から少しずつ湧き上がってきた古い「グラウンド」〔執拗低音《オスティナート》〕で、メロディを演奏した。魂の古い土壌が固まっていき、それが自分の身体を熱くしてくれた。それから私は知らぬ間に即興で演奏していた。

この書物が書き進められ、私の人生が進んでいくのと同じやり方で。

音楽とは時の記憶の奏でるそよぎでしかない。

少量の塩をかけた真っ白くて固い小さな葉の生《なま》の小さなアーティチョークが乾いた音を立てる。

＊

グラス一杯のマコンワイン。
バラの花にはいくらかの露《ロゼ》〔ロゼワインとの掛け言葉〕が必要なのだ。
赤ワインに浸して食べる、粉砂糖をまぶしたバラ色のサヴォワのお菓子があった。

＊

私はベルクガッセ通りを下った。リヒテンシュタイン通りを通過した。一九番地に到着した。そこは緑の船やカヌーを売る商店だ〔ウィーンのベルクガッセ通り一九番地はフロイトが診療を行なっていた住居で、現在はフロイト博物館〕。

80　巫女《シビラ》の時間

狼の時間は、日常の活動が終わる昼の終わり、夜との境の時間帯である。

それは一つの境界だ。

古代ローマ人は畑《アゲル》、牧草地《サルトウス》、森《シルワ》の三つの空間を区分した。その時間は、牧草地《サルトウス》〔畑と森の間の中間地帯〕の時間であり、実際には狼の中に森が見えはじめる〔夜になりはじめるという意〕時間だ。

人間の奥底だけでなく自然の奥底までもが震える瞬間。犬と狼の見分けがつかない時間に〔「日が落ちて暗くなりはじめる時間に」という意味〕、古代ローマ人たちは合流することを躊躇った。

オクターブの音階を奏でる弦のように。

Crepusculum とは小さな闇《クレペル》のこと。夜の前に到来する小さな闇の使者だ。

夜《ニュイ》、夜《ニュクス》、夜《ノクス》、夜《ナハト》、夜《ナイト》。

狼の時間は、時間のなかの時間だ。それぞれ独自の分化を遂げるためにいかなる形態、種別、界からも排除されている未知なるものが痛ましい呼び声をあげ、そして消え失せる時間。

＊

小さな風のそよぎが起こった。

そよ風が茂みを揺らした。ヨンヌ公園の中、その茂みの前で私は読書をしていた。そばにはキングサリ、エニシダがあり、まだ沈みつつある日の光が草上に当たる夕暮れ時のことだった。キヅタの葉がそよ風でこすれて音を立て、大地の生暖かい匂いが舞い上がった。

言葉にできないこの状況が告げているのは、私は燃え盛る火の中にはいない、私は夕方の風のそよぎの中に浸っている、ということだ〔『列王記』の中の「地震の後に火があったが、火の中にも主はおられなかった。火の後に静かな細い声が聞こえた」を受けていると思われる。フランス語では「静かな細い声」が「そよ風の中 dans la brise légère」と訳されている〕。

しばしば、夕暮れに生じるそよ風の中、と翻訳される。

聖ヒエロニムス〔聖書のラテン語訳であるウルガータ訳の翻訳者〕は *sibilus* というラテン語を選んだ。「微風」ではなく「風のそよぎ」を意味する語を選んだのだ。

黄昏に生じるこの風のそよぎは、明け方の朝露とは正反対のものである。

風のそよぎ《シビルス》は、束の間、リラの枝を揺らした。

長いバラの木の茎と重いバラの花を揺さぶり、それからそよぎは小さくなった——日の光も弱くなった。

太陽が沈んでいくにつれ小さくなる歌。

家の窓はまだチラチラと光を反射させてはいるが、もはや輝いてはいない。

風で草花がそよぐ夕刻、野ブドウに覆われたファサードの中の窓ガラスは、光沢のない金色の大きな葉となるのだ。

それから影が伸び、まもなく、芝生の上、身体の上、建物のファサードの上、いたるところで影が混ざり合う。昼は無へと退却する。消滅するのだ。日の光は、より混合し雑然としたものを、暗く、そして目に見えないものを、幸福、虚無、限りないものを許容するのだ。

*

文学作品における気取らない《インメディタトウス》偉大な主人公の名はカラターエフと言う〔トルストイ『戦争と平和』の登場人物〕。モスクワが陥落する。プラトン・カラターエフとベズコフ伯爵はフランス軍の捕虜にされる。カラターエフは、喜びの中で少しずつ死へと向かいながら、ピエールに奇妙な言葉を残した。

「私たちの幸せは、別の世界から引き上げる簗のようなものだ。引き上げているあいだは水が入って膨れあがり、外に引き上げるのに苦労する。引き上げた時には何も入っていない」

それゆえイギリス河岸通り――冬宮殿のそばにある――はもはやその名を失っている〔実際には一九九四年にこの名称は復活している〕。

81　ディデルフィス

物心ついてからの人生でつらい時に、私は、鼻歌混じりで、第一音節を強調しながら次のように口ずさんでいたようだ。

「ニーナ、ピンタ、サンタ・マリア」

毅然としなくてはならない時には、今でも口ずさむことがある。

これらの言葉の出だし《アタック》には自分を導いてくれるリズムが――だが、とりわけ、際限のない大海原の中に飛び込んでゆく大胆さがある。

一四九九年にブラジルの森の中で最初のオポッサム〔アメリカ大陸に生息する有袋類〕を捕獲したのはカラベル船ニーナ号の船長だった。

ビゼンテ・ヤーニェス・ピンソンはそれを檻にいれて、スペインに持ち帰り、女王イザベル一世に献上した。

「女王はこの有袋動物の袋を見て喜び、国王と臣下を前に、神がスペインの女王にこの袋を授けなかったことを残念に思うとはっきり述べた」

リンネは、女王イザベルが羨んだ袋が「第二の子宮」に思えたため、この有袋類を「ディデルフィス」〔二つ《ディ》の＋子宮《デルフィス》〕と名付けた。

82　塩気《サルシウスクラ》のあるもののリスト

サルシウスクラとは、古代ローマ人がとても好んだ塩味のアペリティフの菓子の名だ。
私はここで物体《オブジエ》の限界と言えるものに触れ、三つの世界〔鉱物、動物、植物〕の中で自分の好きなものに接近してみる。（ところで、私が三つの世界の中で好きなものは伊勢海老だ。死体や腐肉を常食とする伊勢海老は、オマール海老やワタリガニよりも古い生物である。数千年は古い。だから、伊勢海老ははるかに美味しいのだ。）

*

もっともサウシウスクラ的なもののリスト
サルディーニャ島のオリーヴ、
ル・アーヴル港の気取った若者たち、
ヴィール川の渓谷地域のヴィールのアンドゥイユ〔豚や子牛の胃腸を詰めたソーセージ〕、

港まで下る道すがら目にする、小さな果皮が割れて火山灰のなかに落ちるエギナ島のピスタチオ。

*

昔、ヘーゼルナッツやノワ・ド・トゥーサン〔未詳〕を入れた小さな袋のことを「マンジョット」〔動詞mangeotterは食べ物を軽く食べることを意味する〕と呼んでいた。

アペリティフとは日の光が残す前浜だ——沈みゆく太陽が音をたてた後の。

アペリティフよりも気取らず、ラテン語風でなく言うなら、「マンジョット」という言葉を使うのがよい。

天国の種〔ギニアショウガ、メレゲッタコショウなどの別名をもつ、熱帯アフリカの香辛料〕、ピーナッツ。

「私のマンジェットはいかが？　カシューナッツがあるよ！　ピリッと辛いラディッシュやピクルス、ローマトマトも！　本当に私のマンジェットを食べてみない？」

*

物体《オブジェ》としてはばかげているがどうしても抗えない欲しいもののリストを常に持っておくべきだろう。そうした欲望は奇妙で根深い痕跡である。これらの痕跡は私たちの肉体に沈殿しているものだが、では一体何の痕跡なのか。必ずしも説明できるわけではない。

固定観念へと変わることもある無用な偏った執着は、大抵の場合、別の世界から化石のように古びて残り続けた物体《オブジェ》であり、魔法の鍵のようなものとして、すぐそばに携えていなくてはならない。

四葉のクローバーのように。

＊

リスボンの城塞の下で、古道具を売る少年の両足のあいだに、黒く塗られたブリキ製のおもちゃのピストルを見た。塗装は少しはがれていて、先に吸盤のついた木製のピンクの矢が装着されていた。私はそれが欲しかった。私はすでに夢想していた。引き金を引く。殺す。

83　魚について

かつてオルガン奏者だったために、たえずレジストル〔オルガンの音栓＝ストップであると同時に音域や作品の調子を表す〕を変え続けてしまうのだ。

かつてカトリックの反宗教改革派だったために、騒々しいポピュラー音楽やニースのラタトゥイユ、古代ローマの小説《ロマン》による風刺を評価してしまうのだ。

古代ローマ人は小説を風刺《サトウラ》〔本来は「さまざまな野菜や果物の初物を盛って神に供えた皿」を意味し、転じて、さまざまなテーマ、さまざまな韻律と形式を織り交ぜた詩を指すようになり、やがて社会や個人や文学などを論評する風刺に発展した〕という名で示すことで、次の春には再びお目にかかることが望まれる、あらゆる野菜の初物を雑然と配置した木の皿を連想させた。私は現在の友として絶えずアルブキウスに立ち返る。なぜなら私は彼だったから、なぜなら彼は死んだから。

＊

書物は対象aである。

これまでの人生で、私が書く書物の沈黙の言語で表現してはいるものの理解できないものがある、それは私の目に見えないものである。

私は繰り返し出発し、探る。

読むこと、それは探ることだ。

読むとは、見ることよりも探ることだ

*

言語活動は対象aである。

それは宝の入った小箱、宝箱《シヤツカステル》、鉱脈そのもの。

私は最終的に〈アザミ〔Chardon〕〉という語を思い出した。画家の名前に限りなく近い〔シャルダンのこと〕。

そのとき、私のなかに青い花が現れた。

「これはアザミだ」と私は言った。

この語は独特な語だ。というのも、茎の上部先端に何かが取り付けられているのだから〔chardon は塀などの上部に泥棒などが塀を乗り越えないように据え付けられた「忍び返し」を意味する〕。

鋭い棘のある動物。

追い回された動物だけがトーテムとなる。

対象aのリストはトーテムのリストだ。

アザミを保護する鳥はゴシキヒワ《シヤルドヌレ》〔アザミの実を好物とする〕である。

あるいは、そのさえずりがアザミを守っている。

私たち人間は、誰もがなんらかの巣を保持しているわけではないが、自分を守る歌は持っている。私たちはその歌を言語と呼んでいる。しかし、花ではない以上、それは言語以下だ。それはほとんど橋に近いもの。道とまでは言えないもの。

それは道半ば〔中間〕だ。

母の唇から受け継いだ言語と、少しも習得されたものではなく、それについていかなる知識もない、最初の瞬間から私たちの中に湧き上がってきた叫びとの中間領域。

私はアザミの茎に生えた毛に沿ってびっしり水滴がついているのをよく見ていた。雨上がりに光り輝く小さな数々の水滴が、沈黙で作られた小さな鐘たちのようにぶつかり合っていた。

*

キャンディは何層もの砂糖のコーティングで核を、真実を、絶望を、欲望を、過ちを包んでいる。

本当のことを言えば、キャンディの味は、明らかに、失われたものの味だ。

食道楽とは、完全に失われた味を痛ましくも探し続けることだ。

「舌先まででかかった風味」とは、ぬるく、ねばついた、甘い、リキュールのような水――袋の水だ。

キャンディは、私たちがいつも案じている秘密を包んでいる。

しゃぶりたいと強く思うのは、とても古くからある反射反応のためで、それは人生に先立って自分の中にある認識行為に特有のものである。

＊

私たちは自分の身体に、決して十分には明らかにできないだろう裸性の探求そのものを、ただもっぱら探求していた。

なぜなら、探し求められているのは裸性ではないからだ。青銅の扉の後ろでリュジニャンの領主が探ろうとしたのは真理ではない――水の中の魚だ〔週に一度、魚（あるいは蛇）の姿になる呪いをかけられた水の妖精メリュジーヌの本当の姿を、誓約を破って覗き、正体を見ようとしたリュジニャン家領主の話。キニャール『舌の先まで出かかった名前』（『謎』所収）の中でもこの伝説がとりあげられている〕。

84　石の波

昔の中国では、山のことを〈石の波〉と言った。〈石の波〉は石濤《シータオ》と発音された。

＊

朱若極《しゅじゃくきょく》は一六四二年に広西省〔現在の広西チワン族自治区〕全州県に生まれた。父親は皇帝だった。三歳の頃、彼の家族は全員殺害された。子供は和陶〔Hetao〕という名の臣下に救われた。和陶はまだ幼い朱若極をその手に抱え、雌ラバに乗って杣道を登り、霧の中を進んで、ついに全州県を出て、蛇山にある寺の扉を叩いた。彼は大切に幼な子を僧たちに預け、匿ってもらった。その結果、この王子は幼くして僧となった。彼は幼年期から青年期を完全に山の中で過ごした。その時、朱若極は石濤と呼ばれることを望んだ。

彼は絵を描いた。

六〇年後、一七〇二年の春の日、揚州市で春節の際、石濤は次のように記している。「新年を迎える前の日に、私は病気になってしまった。自分の身体を満たした感情を表現するための言葉が見つからないままま、私は日に日に動揺を増している。今から六〇年前に両親が与えたこの身体のことを考えていた。だからなのか、突然、この世に生まれた時に発したはずの泣き声をあげはじめた。かつて私を妊娠させた人たちは、私を作っている最中に、性的な快楽の中にいた、それから、私を身籠った時に私の存在を発見し、私が生まれてくるときに私の姿を見た。私はと言えば、現在の私が置かれた状態を考えると、彼らが大きな幸福を感じたことが正しかったのかどうか分からない。現在、この空の下で、ただ心臓だけが動き続けている。私はノスタルジーの中で自分の生を終えようとしているのだろうか。それとも、絶望の中で人生を過ごさなくてはならないのだろうか。一方ははじまりで、他方は終わりだ。ああ、なんと恐ろしい！　なんと悲しい！」

*

一年後の一七〇三年、一枚の絵画の上で、石濤は自らの原光景を思い出したときに感じたジレンマに自ら一つの答えを出したのかもしれない。

彼は赤いインクで蘇東坡《そとうば》〔中国北宗の書家、画家、政治家で蘇軾の名で知られる〕の素晴らしい詩句を書きつけた。「いかなる存在もみな直接、起源から生まれてくる」

85 〈時間〉

〈時間〉は海も、砂も、海岸も、渦も、泡もない前浜だ。
空間の源流にある空間とは別の空間の座礁。
失われたものの失われた場所。
空虚。

86　五三年八月

私たちは一九五三年の夏の間ずっと、ル・アーヴル港で身動きがとれなかった。ラニエル首相〔一八八九―一九七五〕による大規模なストライキがあったのだ。林間学校はすべて休みとなり、電車や船は動いていなかった――すくなくとも港湾労働者たちは働いていなかった。兵士たちが子供の手を引っ張って、トラックに乗せていた。私にはなぜかわからないが、完璧なストライキという輝かしい記憶として残っている。私は自分の個人的な苦しみや意欲の欠如がこのストライキと重なり、高尚なものになった気がした。つまり、自閉や運動性の欠如がほとんどひとつの価値にまで高められたのだ。通りにはあちこちにごみの山、もはや銀行はやっておらず、お金も無い、麻痺状態だった。

87 リスト

ベラ・バルトークは、数万曲の大衆的な旋律を録音し、記譜し、分類整理した。

シルクハットをかぶりロバの荷車に乗った私の祖父シャルル・ブリュノーは、アルデンヌの農場や森で、（フロックコートと山高帽を着用した）フェルディナン・ブリュノと（キャスケットをかぶった）ロバ引きとともに、あらゆるワロン語の方言を蝋に刻んだ。

宗教戦争のあいだ、青い襞襟《コルレット》を身につけた古美術商――グルネー嬢〔フランスの作家、モンテーニュ『エセー』の校訂者・注釈者として有名〕の友人だった――は、激しい内戦によって自分の国の言語が滅びてしまうことを懸念して、馬に乗って言葉を収集した。

*

リュバン・ボージャン〔一七世紀のフランスの画家〕は《消えた蝋燭のある静物画》に描いた、開いた手紙の中に、一六三〇年という年代とともに奇妙な文章を書き残している。「熱心に求められるものがもっとも気にかけられない事物だということを理解したのは、今日のことではない」

＊

ローマの皇帝マルクス・アウレリウスのリスト。

中国の李義山《りぎさん》〔李商隠（りしょういん）として知られる九世紀の漢詩人〕のリスト。

日本の清少納言のリスト。

ルイス・フロイス〔ポルトガルの宣教師、戦国時代の日本で宣教し『日本史』を記す〕のリストは次の通り。男、衣服、女、風俗、子供、僧侶、絵、祈り方、食べ方、飲み方、武器、馬、病気、歌、舞踊、楽器、書物、文字、貨幣、奇異さ、家、庭、果物、小舟、船舶。

ジェラール・ド・ネルヴァルのリストは次の通り。自分の書物、あらゆる時代の科学の奇妙な寄せ集め、歴史、旅、宗教、カバラ、占星術、ピコ・デラ・ミランドラと賢者メウルシウスとニコラウス・クザーヌスの亡霊たちを喜ばせること。

アルチュール・ランボーのリストは次の通り。時代遅れの文学、教会のラテン語、綴り字がでたらめの艶本、祖母たちの小説、お伽話、幼年時代の小型本。

＊

秋には、待ち合わせに麦わら帽子と夏物の半袖シャツを着用した。ザリガニ取りのためのクラゲを収納ボックスの奥にしまった。ガレージには、岩場の割れ目からカニを釣り上げるための鉤《フック》をしまった。

隠すことは時間の謎めいた自発性と一致している。秋になると、リスが雨に濡れた地面に種子やドングリを埋める。リスは木に登り、くるみを採って、再び地面に降りてきて、木の根元か目印をつけた場所を探す、それから穴をあけて、そこにクルミを置き、鼻を使って地面に押し込み、前足で穴を埋め、自分の宝が埋まった土地を足でしっかり踏みならして秋の儀式を終える――埋蔵された宝は、まだ到来していない寒さへの備えだ。

生存のために貯蔵をするリスは自分の宝の隠し場所を忘れてしまう。食料を蓄えるという強迫的な衝動だけは決して忘れない。

＊

猛禽類は、獲物を殺したのちに、それを隠すために自分の羽を広げて獲物を包む習慣がある。すでにその獲物を食べたかのように。彼らは匂いをつけることで自分の所有であることを示そうとする。自分の大きさを誇示することでこの獲物は自分のものだと言いたいのだ。鳥が翼を大きく広げる動作を解き明かすことは難しい。空間の中をさまよう、この奇妙な翼の袋《ポケット》を理解することは難しい。この袋は、そこから時間の中に生まれ出たものの周りをさまよっている。所有、摂取、愛、死を分けることは難しい。

＊

88　偶然に対する情熱

ひとりの水夫が偶然《アレア》に熱中していた。この古い言葉は「サイコロ」を意味した。ある夜、この男はすべてを失った。彼は自分の小舟を失った。自分のオールを失った。賭け事に勝った男は、この水夫が裸で帰ることがないよう、着古したチュニックを一枚だけ与えた。

槍でこの水夫を押しながら、勝者の男は言った。「さあ行け！」

彼は水夫を殴った。水夫は血まみれになった。そして、水夫がその場を去ろうとしないので、この男は水夫を槍で何度かつついて、賭けのために集まっていたオスティア港の居酒屋から追い出した。

それからネイメーヘン出身〔オランダで初めてローマ帝国の都市権を得た街として知られる〕のこの水夫は夜になるとテベレ川の土手を歩いた。

月の光を頼りに彼は歩き続けた。ローマの丘に到着した。

彼は骨片にマークをつけて小さなサイコロを作った。またしても彼は賭けをした。またしても彼は追い出された。

彼はアブルッツォまで北上した。寒かった。雪のなか裸足でいた。彼が身につけているのは一枚の古びたローマ風のチュニックだけだった。それは性器と尻を隠すため、オスティアで賭けをした男が同情からくれたものだ。彼は両の手のひらでその小さなサイコロをこすりながら歩いた。

一人の羊飼いが彼を呼び止めた。羊飼いは背が高く痩せていて、鷲のような顔をしていた。

「私の名はアクイラ〔ラテン語・イタリア語で「鷲」〕」と彼は言った。

バックスキンの巨大なフープランド〔ガウン状の外衣〕で肩は覆われていた。この男が彼に言った。

「寒くないのかい、雪のなかで、頭も、背中も、足も裸のままだけれど」

「サイコロがある」

「見せてくれ」

ネイメーヘンの水夫は手を開いて、アクイラに骨でできたサイコロを見せた。

「これは魔法のサイコロなのか？」アクイラは尋ねた。

「そうだ」

「もし私が着ているような羊のバックスキンの大きな外套をあげたら、そのサイコロを私にくれるかい？」

「いやだ。どうして私に外套が必要だと思ったのか。雪は氷の上に降る。寒さは私の両肩に落ちる。だからどうしたというのだ。このサイコロは寒さからだけでなく不幸からも私を守ってくれる」

「だからこそ、そのサイコロが欲しいんだよ」、アクイラは言った。

それから羊飼いは岩の上に立って、屈み、水夫の腕を掴んだ。二人は洞窟に暮らす頭のおかしい男のもとに向かった。頭のおかしい男は、魔法のサイコロを、姿を見えなくする狼の皮の帽子と交換するよう水夫を説得した。

オスティア港から追い出されたその若い水夫はそこで彼らと一緒に食事をした。彼は酒を飲むふりをした。彼らが炎のそばでうとうとと眠りだしたのを見て、水夫は逃げ出した。川が凍っていたので、彼は夜のあいだに川を越えることができた。

＊

翌日の夕暮れ時に、彼はアンコーナの街に到着した。

太陽が沈むと、彼はあの狼の帽子をかぶってみた。体全体が見えなくなった。洋服だけが目に見えるままだった。そのため、毎夜、どんなに寒くても彼は裸になり、盗みに出かけた。ローマ帝国初期の頃の話だ。彼はロースト肉、ガレット、冬のりんご、ジャムを盗んだ。それからワインの壺《アンフォラ》。それから硬貨、金、ブレスレット、指輪、武器、チュニック、フード付きのマント。ネイメーヘンの水夫の身体が暗闇のなかを動く様は誰にも見られなかった。光が射している場所を見つけた時には、逆光の位置に立たないようにした。目に見えない自分の身体が光線を遮ってしまい、闇が平らな面に、あるいは、夜明けなら――遠くの――いわば白く澄んだ地平線上に、自分のシルエットを描き出してしまうからだ。彼はつねに戦利品を夜中に持ち帰るよう努めた。彼は楽しんでいた。誰も彼の姿を見なかった。盗みを働きながら、彼はなおも賭けをしていたのだ。彼は満足だった。

＊

春が来た。彼は鳥たちのあとを追った。アドリア海沿岸に沿って歩いた。彼は成り行きまかせの舟を目で追った。ある晩、ラヴェンナの村落で、一人の女を見て、性器がぴくぴくと反応した。彼は急いで自分の隠れ家に戻り、狼の小さな帽子《キャロット》を脱いで、元通り目に見える姿に戻り、チュニックを着て、青色の美しいガリアのマントを肩に羽織った。

彼は壁から垂れ下がったやせたブーゲンビリアの影でさきほどの女を見つけた。

彼は彼女をまじまじと眺めた。

泉の音が聞こえた。

彼女に近づき、挨拶をして、話しかけ、名前を尋ね、酒を飲むよう誘い、彼女の繊細な耳の穴に口を近づけて、ささやき、自分の財を見せた。彼は若い女性のチュニックを捲し上げた。彼女の性器からゆっくりと太ももを伝って液体が流れるのを見た。彼は自分のチュニックの裾をまくりあげ、彼女の中に挿入した。二人とも相手を気に入った。お互いの匂いも似ていた。彼らは一緒に生活した。すばらしく仲の良い関係だった。毎日、彼女は彼にさらなる財を求めた。彼は毎晩、さらに盗みを働いた。その期間ずっと、同じ場所に止まり続けたのはおそらく間違いだったのだ。彼は若いアベルガが生活する裏庭で日々を過ごした。

*

夏になって、ネイメーヘンの水夫は、自分がもはや単にアベルガの身体を欲しているだけではないことに気づいた。彼はアベルガのことを愛していた。

激しく愛しすぎるあまり、ある夜、なめし職人のところで盗みをして帰ったとき、寝室がまだ真っ暗だったので、彼は目に見える姿に戻るのを忘れたまま、彼女を愛した。満たされたのち、自分の性器を彼女から抜いたとき、彼は小さな痛みを感じた。しかし、女は目を瞑ったまま、ぶつぶつとつぶやき、相手の名前をささやいて、さらなる喜びを求めた。彼はベッドの端にひざまずき、唇を近づけた。突然、彼女は快楽を感じた。水夫の唇は激しく彼女に襲いかかり、大きく開いた彼の口は愛液でびしょぬれになった。二人は抱き合いながら眠った。翌日、彼はロマーニャ地方にある大きな農場に盗みに行くつもりだった。彼は馬に乗り、小さなボローニャの村の東に向かった。藪の中で、彼は馬を木につなぎ、裸になって、狼の帽子を被った。

彼は農地に入った。

静かだった広い調理場へと入っていった。そこには飼われている動物と家政婦たちが長椅子に座って、テーブルで食事をしているところだった。彼は音をたてることなく、彼らの前を通って、二階に通じる階段のほうへと向かった。だが、一人の女が、彼のほうを指差しながら笑いはじめた。すると今度は農場の男たちが笑いながら駆け寄ってきた。彼らは男の性器をつかんで、テーブルのほうに引き寄せた。それから男の性器を縛った。何重にも結び目を作った。オスティア港から追い出された若い水夫は自分の身体を眺めた。股の間からでたペニスの先が目に見えることに気づいた。それから鏡を見せられた。口の周りの唇の先の部分だけが鏡に映っていた。農園の男たちは睾丸の先のペニスの部分だけを切り落とし、歯の上の二つの唇の丸くなった部分だけを丁寧に切り取った。それから彼らは、もう目に見えなくなった残りの部分を弄びはじめた。彼らは目に見えない部分を吊るしあげた。それは大量の糸でできた塊でしかなく、どのようにしたのかわからないが宙に浮いていた。幸福はこの世界で痕跡を残すのだ。

訳者あとがき

本書はPascal Quignard, *Sordidissimes*, Grasset, 2005の全訳である。〈最後の王国〉シリーズの第五巻にあたり、フランスで同時刊行された第四巻 *Paradisiaques*（『楽園のおもかげ』、小川美登里訳）とは二部作《ディプティック》の関係にある（第六巻『静かな小舟』と合わせて、ダンテ的三部作と考える研究者もいる）。

パスカル・キニャールが、最初に「もっとも猥雑なもの《ソルディディシム》」という言葉を用いたのは、おそらく『小論集』においてではないだろうか。『小論集』とは、一九七七年から一九八〇年のあいだに書き連ねられた、さまざまな主題に関する「論《トレテ》」を寄せ集めたもので、全八巻からなる。多くの出版社から刊行を断られたのち、八一年から八五年のあいだに最初の三巻のみがクリヴァージュ社から刊行され、九〇年にようやくマーグ出版社から全巻揃って日の目を見ることとなった。その『小論集』の第七巻に収められた「フローベルガーとグリンメルスハウゼン」に関する章で、古代ローマの作家アルブキウスと一七世紀ドイツのバロックの作家グリンメルスハウゼンの『阿呆物語』（原題は『ジンプリチシムスの冒険』）をとりあげながら、キニャールは次のように述べている。

アウグストゥス治下のローマ帝国の小説家アルブキウス・シルスは、人間が手がける虚構《フイクシヨン》の対象となるのは、もっとも猥雑なもの《ソルディディシム》だと規定した。大セネカはアルブキウスに、もっとも猥雑なものの例を挙げてみよ、と言った。するとアルブキウスは、「犀、便所、海綿」と答えた。ドイツの小説家グリンメルスハウゼンが小説の主題に定めたのは、もっとも単純なもの《サンプリシシム》〔もっとも馬鹿なもの〕だった。それは物語《コント》のタイトルであり、この物語において、もっとも単純なもの《サンプリシシム》ともっとも猥雑なもの《ソルディディシム》という小説が生まれたのだ。この世には、文学ジャンル、講義、演説、新聞、エッセイ、宗教的な説教が、低俗で汚れたものとみなし捨て去った行き場のないものたちを収容するための家が必要なのだ。この住処が「小説」と呼ばれた。

(*Petits Traités II*, Gallimard, coll. «Folio», 1997, p.435.)

この世で行き場を失い、遺棄されたものたちを召喚する場所こそが「小説」だとするなら、キニャールの作品はほとんどすべて「小説」だと言えるだろう。この「小説」の定義は、『アルブキウス』においてさらに詳しく展開され、「もっとも猥雑なもの《ソルディディシム》」は「死」、「幼年期《インファンティア》」、「性」などに結びつけられる。

「ソルデス」sordes と呼ばれたのは、まずは汚いもののことであり、次いで汚い人、つまり貧乏人のことであり、そして汚い服、つまり喪服のことだった（喪中には服を着替えず、悲しみに服を引き裂くのが慣わしで、しかも体を洗ってはならず、髪や手足の爪を切ることも許されず、髭を剃ったり、軽石でこすったり、焦がしたりしてもいけなかった）。黒よりも汚れが喪の色とされた。それは、生ける者を脅かす死の混乱のしるしだった。

（高橋啓訳、青土社、一九九五年、四七―四八頁）

汚れることは、現世の生者たちの共同体から離れ、死者たちに近づくための方策であり、小説を含めキニャールの作品にさまざまな種類の汚物がふんだんに登場するのは、まずもって死者たちとの交流のためだと言える。それに加えて、汚れは「女の血と糞尿にまみれて出てくる」（同書、七七頁）子供《インファンス》のそれでもある。「第一の世界」、意味以前の「声」の世界、胎内の闇の世界、つまり、言語以前の世界への接近を可能にするものもまた、汚れなのだ。猥雑なもの＝汚いものは、私たちを、回復することのできない喪失へ、つまり、時間の中にあいた空白、深淵へと導くのだ。こうして、「もっとも猥雑なもの《ソルディディシム》」には、美的価値（汚なさ、醜さ）や道徳的価値（堕落、低俗）だけでなく、時間的価値（往古《ジャディス》、喪失の喪失、不定過去《アオリスト》）が与えられることになる。本書は、そのような「もっとも猥雑なもの」が集積される――「小説」以外の――場所を求めて行われた思索だと言えるだろう。前浜、潮間帯、前庭、止り木、書物、マントの端、袋、臍、古物屋、萎えた男性器が残す空間……、これらはいずれも、「往古」に触れるための特権的なトポスとして描き出されている。

第二〇章において、『もっとも猥雑なもの』は、すでに小説のかたちで書かれたことがあり、その小説は一九八九年に刊行された『シャンボールの階段』だったと述べられている。「もっとも猥雑なもの《ソルディディシム》」というテーマに関して言えば、先述のとおり、『シャンボールの階段』に限らず、ほとんどすべてのキニャール作品において姿をあらわしていると思われるが、確かに、同作には、失われたある強烈な愛と喪の記憶が、玩具のかたちをとって、猥雑なものとともに海辺に打ち上げられるイメージが挿入されている。アンティークのミニチュア玩具の収集と売買に熱狂して世界中を飛び回り、複数の女性と関係を持ち続ける主人公エドワール・フュルフォーの人生が、実のところ、かつて愛した一人の女性をめぐる失われた記憶に導かれたものだったというこの小説の結末の、胸をしめつけられるほど残酷で美しい一節を引用しておきたい。

過酷な海に翻弄され、海に打ち上げられ、あるいは打ち捨てられた無力な人形、小さな波の打ち寄せる脆弱な瀬戸際に、灰色の砂利の上に、イカの白い骨のそばに、白と赤のヒトデのそばに、白い鴎の羽根のそばに、海藻のそばに……。

（高橋啓訳、早川書房、一九九四年、三一九頁）

パスカル・キニャールは、波打ち際の作家なのだ。

＊

ここで、本書刊行にあたってお世話になった方々に御礼を申し上げたい。古典語に関してはいつも通り、東京大学の日向太郎先生にご教示いただいた。古典語の勉強に取り組もうという当初の意志は、今となっては驚くほどはやくどこかに消え去っていたようだが、日向先生が近くにいてくださったおかげで、古典語に対して少しの心配も持たなかった。フランス語に関しては『ダンスの起源』の共訳者であるパトリック・ドゥヴォスさんの手をいつものごとく、いや、いつも以上に煩わせた。難解な書物だったが、脱線をすこしも厭わぬパトリックさんの詳しい解釈や説明にはいつも感心させられ、苦しかった翻訳作業の合間におしゃべりをするのがとても楽しかった。校正の段階で生じたいくつかの質問に対しては、同僚のマチュー・カペルさんが簡潔かつ的確にメールで答えてくれた。みなさんどうもありがとうございました。そしてもちろん、コレクションの共同責任編集者である小川美登里さん、博多かおるさん、そして本文に関する質問にも答えてくれた著者キニャールさん、担当編集者の神社美江さんには、二〇一八年の東京でのシンポジウムならびに長崎旅行の忘れがたい時間を思い浮かべながら、心からの感謝を捧げたい。

最後に、本書の装丁に関して。表の表紙は、菅谷杏樹さんのインスタレーション作品《霧を縫う――Sew the haze》のなかの映像からとられたスチール写真である。日本の近代化を支え、いまやほとんど失われた養蚕家の生活を再現しようとする作品で、映像では繭を口に含み、糸を巻き取る行為が再現されている。作品においては、唾液がついた糸で織られた服も展示されており。本書のテーマにぴったりだと感じた。裏表紙は、岡ともみさんの同じくインスタレーション作品《サカサゴト》の空間イメージである。岡さんの作品はこれまで何度か見ており、ご本人はご存知ないだろうが、いずれもキニャールが言う「往古」に通じる作品だと個人的には思っている。《サカサゴト》は、縄文時代に信じられていた、あの世はこの世のあべこべであるという信仰をヒントに、暗い部屋にかけられた数々の反転した古時計の中に、日本各地に残る葬送の儀礼の映像を投射した作品である。いずれの儀礼も今や消え去ろうとしているらしい。お二人の作品は、二〇二一年度の東京藝術大学卒業修了作品展で発表されたものであり、本書の翻訳を終えてまもなく足を運んだ訳者の目に、偶然の一致以上のものに映り、是非ともとお願いして、表紙に採用させていただいた。菅谷さんと岡さんには心からの感謝を申し上げたい。いずれも素晴らしい作品なので、今後のご活躍を期待している。

＊

〈パスカル・キニャール・コレクション〉は本書『もっとも猥雑なもの』と、同時に刊行される予定の『楽園のおもかげ』の刊行をもってひとまずの完結を迎える。既刊の『秘められた生』（小川美登里訳、水声社、二〇一三年刊）は、本コレクションには収められていないが、〈最後の王国〉シリーズ第八巻にあたる。原書においても、同シリーズが開始される前に『秘められた生』は刊行されており、事後的にシリーズに収められることとなった。死に瀕した経験から「愛とは何か」について語った『秘められた生』が、作家にとっての大きなターニング・ポイントとなり、〈最後の王国〉を生み出すことになったことはここで改めて指摘しておきたい。その意味で、『秘められた生』は、キニャール作品においてもっとも重要なものの一つなのだ。コレクションはひとまずの終わりを迎えるものの、全十五巻が予定されている現代における奇書〈最後の王国〉の執筆はなおも続いている（そもそも完結という性質をもっていない書物であることは言うまでもないだろう）。夢、絵画、音楽、言語活動、思考に必然的に生じる虚偽についての思索の書『インゴルシュタットの子供』、文学とは何かという問いに捧げられた『三文字の人間』（古代ローマ時代の「盗人」を指す隠語）が、それぞれ第一〇巻、第一一巻として二〇一八年と二〇二〇年に刊行されている。いずれ日本の読者にもお届けできる日が来ることを心より願っている。

二〇二二年三月

桑田光平

訳者について——

桑田光平（くわだこうへい）　一九七四年、広島県府中市に生まれる。東京大学大学院博士課程満期退学。パリ第四大学文学博士。専攻、フランス文学・芸術論。現在、東京大学大学院総合文化研究科教授。主な著書に、『ロラン・バルト　偶発事へのまなざし』（水声社、二〇一一）、『写真と文学』（共著、平凡社、二〇一三）、『世界の八大文学賞受賞作から読み解く現代小説の今』（共著、立東舎、二〇一六）、*Réceptions de la culture japanaise en France depuis 1945* (collectif, Honoré Champion, 2016)、主な訳書に、『ロラン・バルト　中国旅行ノート』（筑摩書房、二〇一一）、ロラン・バルト『恋愛のディスクール　セミナーと未刊テクスト』（共訳、水声社、二〇二一）などがある。

パスカル・キニャール・コレクション
もっとも猥雑なもの〈最後の王国5〉

二〇二二年六月二〇日第一版第一刷印刷　二〇二二年六月三〇日第一版第一刷発行

著者――パスカル・キニャール
訳者――桑田光平
装幀者――滝澤和子
発行者――鈴木宏
発行所――株式会社水声社
東京都文京区小石川二―七―五　郵便番号一一二―〇〇〇二
電話〇三―三八一八―六〇四〇　FAX〇三―三八一八―二四三七
[編集部] 横浜市港北区新吉田東一―七七―一七　郵便番号二二三―〇〇五八
電話〇四五―七一七―五三五六　FAX〇四五―七一七―五三五七
郵便振替〇〇一八〇―四―六五四一〇〇
URL : http://www.suiseisha.net
印刷・製本――モリモト印刷

ISBN978-4-8010-0233-3
乱丁・落丁本はお取り替えいたします。

PASCAL QUIGNARD collection

パスカル・キニャール・コレクション　全14巻　セット定価三九〇〇〇円

音楽の憎しみ　博多かおる訳　二五〇〇円
謎　キニャール物語集　小川美登里訳　二四〇〇円
はじまりの夜　大池惣太郎訳　三〇〇〇円
約束のない絆　博多かおる訳　二五〇〇円
ダンスの起源　桑田光平＋パトリック・ドゥヴォス＋堀切克洋訳　二八〇〇円
涙　博多かおる訳　二四〇〇円

〈最後の王国〉シリーズ

さまよえる影たち　小川美登里＋桑田光平訳　二四〇〇円
いにしえの光　小川美登里訳　三〇〇〇円
深淵　村中由美子訳　三〇〇〇円
楽園のおもかげ　小川美登里訳　三五〇〇円
もっとも猥雑なもの　桑田光平訳　三二〇〇円
静かな小舟　小川美登里訳　二五〇〇円
落馬する人々　小川美登里訳　三〇〇〇円
死に出会う思惟　千葉文夫訳　二八〇〇円
＊
秘められた生　小川美登里訳　四八〇〇円

［価格税別］